中国文学名家散文精选丛书

高密度的甜

鲍丰彩　著

江西高校出版社

JIANGXI UNIVERSITIES AND COLLEGES PRESS

南　昌

图书在版编目（CIP）数据

高密度的甜 / 鲍丰彩著 . -- 南昌 : 江西高校出版
社 , 2025. 6. -- (中国文学名家散文精选丛书).
ISBN 978-7-5762-5520-1

Ⅰ . I267

中国国家版本馆 CIP 数据核字第 2024XL7546 号

责 任 编 辑　周惠群
装 帧 设 计　夏梓郡

出 版 发 行　江西高校出版社
社　　　　址　江西省南昌市新建区工业二路 508 号
邮 政 编 码　330100
总 编 室 电 话　0791-88504319
销 售 电 话　0791-88505090
网　　　　址　www. juacp. com
印　　　　刷　鸿鹄（唐山）印务有限公司
经　　　　销　全国新华书店
开　　　　本　650 mm×920 mm　1/16
印　　　　张　13
字　　　　数　160 千字
版　　　　次　2025 年 6 月第 1 版
印　　　　次　2025 年 6 月第 1 次印刷
书　　　　号　ISBN 978-7-5762-5520-1
定　　　　价　58.00 元

赣版权登字 –07–2024–1021

目 录
CONTENTS

第二辑
旷野叙事

第三辑
有所困书

第一辑

野蛮生长

撑伞

我们推着父亲，穿过医院长长的走廊，然后坐电梯到四楼手术室。

一路上父亲都在仰面看着我们。一生中我们第一次用这样的视角相互对望。从他的视角看，是不是也像在电视镜头里那样，有两个心急如焚的脑袋居高临下地望着他？我们都没有说话，各自想说的又心知肚明。我走在病床车的前面，双手握住车架努力控制着方向，可我的力气不足以克服地板的阻力，车轱辘在地板上走得歪歪扭扭，扶在车后的母亲也跟着东倒西歪。其实母亲是有类似经验的。每年春种夏收的时候，母亲都要用手扶着父亲身后的犁头，让犁尖深深地嵌进泥土里，将泥土松软有序地翻卷出来。可她现在做的远远不如那个时候好。父亲开玩笑说，我有这么重吗？要不要下来帮你们推？

手术进行了三个小时，我跟母亲一直等在手术室门外。对于我们而言，这样的经验是人生中的第一次。我们已经掌握了太多应对不同困难的经验，比如学费不够的时候父亲可以多揽几份工，比如我们要长身体了母亲可以多喂几只鸡，比如把面粉放上糖炒香了就成为高中时体面的早餐，比如我终于读大学了离开家门的时候父亲却背过头去。然而，我们从来没有直面生死的经历。

母亲看起来比我淡定太多。她跟我聊起别的事情来。学校里的课调好了吗？天天请假领导同意吗？孩子在学校听话吗？我们的聊天进行了几个回合，不管怎样开头，最后都会绕到父亲的话题上。我们一起帮着父亲查找病因，似乎比医生更专业。母亲详细回忆了发病前两天她和父亲平静且平凡的生活，没有争吵，没有矛盾，也没有过度劳累。最终我们都把缘由归结到了父亲的生活习惯上。

因为常年的重体力活，父亲喜欢喝酒解乏，一开始断断续续地喝，后来就成了每餐的保留节目。常年的体力消耗和酒精摄入加重了心脏的负担，他像一台机器一直保持超高速运转，直到浑身发烫，不能工作。

如果真的要找那个具体的时间点，自从我们姐弟三个相继读了大学，父亲的酒就再没断过。我曾经在一篇作文中写过，他像那个希腊神话中的西西弗斯，在过去的几十年里推着一块石头，上山，下山，再上山……他得时刻紧绷着自己，准备承受下一秒迎面而来的重量，他扛住了这份重量就扛住了这个家。现在，我们这三块石头毕业工作成家，滚到了海角天涯，他坐在山脚下，浑身的力气突然就没有着落了。于是他开始转过头来跟酒较劲。

大弟弟有了孩子之后，把父亲母亲接过去住了大半年，最后实在拗不过父亲，"放"他们回来了。那就是些笼子啊，离地那么高，一天不能下来一趟，跟坐牢没啥区别。这是父亲的原话。习惯了大碗喝酒、大口吃肉、大声说话、大汗淋漓的父亲，享不了城里人的福。

手术室前面有一块很大的电子屏幕，上面轮流滚动显示着正接受手术的病人的名字和手术状态。父亲的名字后面，一直显示着红色的"手术中"字样。盯着那一块闪烁的红色，我总是瞎想，害怕手术不够顺利，害怕父亲撑不住。生活中太多的不确定性，让我从小就有着太多本能的害怕，害怕父亲走着走着会摔倒，害怕母亲有一天不再打胰岛素，害怕粮食歉收，害怕弟弟们考不上大学，害怕家里的鸡一夜之间被黄鼠狼吃光。好在，我的这些忐忑都没有变成现实。然而，我从没有想过，有一天体格硬朗的父亲会出现心脏问题。生活总喜欢跟我们开这样的玩笑，抛给你一个出乎预料的难题，再冷眼旁观你的措手不及。

手术室的门被一次次地推开。穿着手术服的护士手里拿着一个记录本，念着已经完成手术的病人名字。那些名字在他们的一生中被无数次提及，伴随着喜悦、成就、幸福或者伤痛，领试卷时、结婚登记时、发工资时，以及被推出手术室时。这时候就会有一群家属跑过来，他们前呼后拥地接过医生手中的病床车，在一阵阵嘘寒问暖中离开。有的病人意识很清醒，坐在轮椅上，跟家属笑着打招呼。有的病人被疼痛耗尽了力气，任由家属嘘寒问暖却不能回答。

这是个心内科病房，每个人的病床旁边都有一台心率监护仪，发出频率不一的"嘀嘀"声。除了这个声音，病房里很安静，不管是病人还是家属，大家都在以自己认为还算舒服的姿势养神。

我的父亲母亲坐着公交车慢悠悠从乡下赶来时想着，就是有点胸闷气喘，医生给开点药就回去了。没想到一来到就抢救、办住院手续。我的一辈子吃着煎饼的父亲母亲，一直以为自己在泥土里摸爬滚打的身体也像煎饼一样硬。

我坐了一会儿，决定明天一早回老家一趟，替他们收拾一下必要的生活用品，最紧要的是，帮母亲把胰岛素拿来。母亲患糖尿病十几年，正常的血糖值一直在靠这些药物维持着,像一台老旧缝纫机,一定要及时上油。

父亲一直催着我回去。起先他说,回去吧,两个孩子还小,这里用不着你。看我坚持,他又说自己累了,想休息了。我起身离开,去了外面的超市买了粥、馅饼、鸡蛋,还有毛巾、卫生纸、杯子、脸盆。我把这些物品都装在脸盆里,端着回到了急诊室。

母亲这时候趴在父亲床角边,跟父亲一起歇息了。我把脸盆轻轻放到地上,母亲用余光看到了我。我指了指脸盆就想往外走,刚一转身,传来父亲的声音:千万别跟你两个弟弟说,小毛病,过两天就好了。

昨晚之前,我都一直认为,他们两个的晚年,一定是母亲依赖父亲的照料。这些年母亲给自己的肚子扎过多少针啊,满肚子密密麻麻的针眼。一开始她总是眨眼抿嘴,举着针管做足心理准备,现在只需要一个转身就完成了,这样的轻车熟路。我甚至自私地祈祷,母亲这样的动作做的时间越长越好。现在,母亲转身的时候,身后躺着的却是原本身体硬朗的父亲。

等待手术的间隙,母亲领我去主治医生的办公室,医生说的那些词母亲都听不懂,让我去听听,再帮她转述。医生指着他办公桌上的一个心脏模型,给我详细地讲解父亲的病情,他戴着白手套的手指在这颗红色的、标满了各种黑色字符的心脏模型上转着圈、画着线,几个小时后,也将是这双手划开父亲的肩胛骨。有一刻我甚至后悔,为什么当初没有学医呢,起码能够对父亲的病情有个完整清晰的了解。

后来我跟母亲解释,父亲的心脏里有一个负责来回收缩的部位,钙化了,不能正常工作了。现在需要植入一个起搏器,代替它来工作。一辈子只在一些有限的生活词汇和农业词汇中兜兜转转的母亲,听得有点困难。我本来想用发动机打比方，又怕她不理解。我说，就像一把雨伞，现在一根伞骨生锈撑不起来了，需要用一根新的伞骨来代替它的位置。母亲有些听懂了我的话，她停了几秒后说，现在的人真是太能干了。

我跟母亲去收款处缴费。刷完我的银行卡后，母亲一脸愧疚，她反复说着家里还有个存折，等父亲出院回家了取出来就还给我。自从我有了自己的小家庭，母亲就开始在金钱上跟我划清界限。凡是我为这个大家庭支出的费用，她都记得清清楚楚。反而是她为我这个小家庭送来的玩具、衣服、米面肉菜，从来不让我计较。

我仍旧记得父亲从手术室被推出来时的神色。父亲头上戴着手术帽，脸色平静却苍白如纸，这大抵能够让我猜到，过去的三个小时父亲在里面到底经历了什么。父亲冲我和母亲笑笑说，没事了，放心吧。

我们顺着原路返回。这次我和母亲把病床车推得异常平稳。父亲跟我们开玩笑，我以为我出来的时候你们娘儿俩早就卷铺盖跑了呢。母亲也打趣说，你闺女紧张地在手术室外面转了好几十圈。我顶嘴说，你还不是去了好几趟卫生间。风和雨过了大半，我们才想起来要撑开各自的伞。

父亲的肩胛骨被一层层纱布包成了许多纠缠的十字架，面积有手掌大小。就在这里面，一块能够持续发电十年的微型电池，从几分钟前开始进入倒计时。在这十年里，它会向心脏里的起搏器发出持续、稳定的电流，刺激起搏器产生规律的脉冲——在父亲吃饭的时候、睡觉得时候、弯腰扛起麦子的时候、跟母亲斗嘴的时候。

后来我和老公领着八岁的儿子去看他，儿子一个劲儿地追问，姥爷生了什么病。我突然想起来儿子看过的《钢铁侠》，那个无所不能的勇士，在自己的心脏附近植入了一个圆环形的反应堆。我跟儿子说，姥爷做了个手术，把自己变成了钢铁侠。

手术结束的当天晚上，母亲不能陪被转移到重症监护室的父亲一起睡了。入院以来，母亲仿佛终于能够睡个好觉。头两天夜里，她趴在父亲的病床角上睡。后来我几次提出晚上替母亲在医院陪床，让她去我家休息，都被她拒绝了。母亲的理由是：谁陪着她都不放心，就得自己来。父亲直接说，他不用陪，能一觉睡到天亮。

因为病床转移了，护士不允许母亲再在病房里待着。我把给母亲带来的折叠床搬到了重症监护室外面的过道里。那是这个狭长楼道的尽头，很少有人走，能够让母亲安稳地睡个好觉。收拾好之后母亲就赶着我回家去。临走之前我上了趟洗手间，再出来时又碰上了母亲，她正搬着折叠床往病房门口走。看见我回来，她略显尴尬：那里太黑了，我有点害怕。

母亲的表情怯怯的。我的年近六旬的母亲，一个人在夜晚的野地里看守红薯，一个人去邻村拜师请教黄烟种植技术，一个人把两亩地的麦子收完，从来都没有害怕过。

从重症监护室出来以后，父亲恢复得很快。我再去看他，他不再躺着了。母亲把病床摇起来，他就半倚在床上，有时候也起来走走。他再三叮嘱我，现在没事了，千万别一趟趟往这儿跑了，顾好孩子上好班。

恢复的日子里，从村里打来的询问电话都让他们以各种理由搪塞过去。在乡下，庄稼人最忌讳的就是生病。每个人都要以最健康的面貌，示以土地和日头，示以左邻右舍，示以粮食和鸡狗。这些跟土地打了半辈子交道的人，赤手空拳地活着，所凭借的无非就是一副好身板。有了这副身板，就有了春耕秋收。那些让人忌讳的疾病名称，都是掩藏在迎来送往后面的。这样的名称，头几年只是模糊的部位，比如肚子里的病、脑子里的病、血管里的病。后来这些名称开始具体化了，把它们说出口也显得更加困难和残忍了：脑出血、心肌梗死、肝硬化、膀胱癌……每个名字的上面都聚集了一家人的血和泪，都分量太重，且大都以小道消息的方式存在和传播。不出几天，村子里的人都已经私下里知晓，人们惋惜、嗟叹，无可奈何，但都维持着表面的祥和宁静。庄稼人天然地有着从土地里带出来的宽厚与悲悯。只有到了万不得已、无法掩饰的时候，乡亲们才把按下去的那些情绪再唤出来，面色沉重地送去自己的祝福和问候。

从父亲住院到现在，我跟弟弟们的微信群一直静悄悄的。我们是从一条大河里分散出来的支流，现在各自天涯。他们一个在大连，一个在乌鲁木齐，成家立业后跟着大城市的节奏陀螺一样地转。上次回来是奶奶去世，他们连夜坐了飞机回来，第二天晚上又飞回去。家里的事情很少惊动他俩。我觉得这次应该例外，虽然在父亲看来，这是一件小事。我问，两个弟弟有没有打来电话。父亲抢着说没有，语气里尽是体谅，还有解脱。他体谅弟弟们的忙，他和母亲辛劳半生，不就是想看到他们有这样的出息吗？他同时又庆幸，自己逃过了一次掩饰真相的艰难表演。

父亲现在又跟之前一样充满活力，我仿佛听到那台机器的发动机已经续上了之前的节奏，开始将源源不断的动力输送到他身体的各个器官，扛锹、铲土、施肥、搅拌水泥、铺地板，他觉得都不在话下了。过去的一个星期，在他的遮掩下，不过是自己跟老伴来县城女儿家玩了几天（他几乎跟每一个询问他莫名消失的人都这样说）。

出院的那天，正好是父亲节，天空下着蒙蒙细雨。一大早，我思考再三，在微信群里发了信息：今天父亲节，别忘了给爸打个电话。十几分钟后，小弟发来信息：晚上的飞机，一早就到家。大弟说：我在黑龙江出差，忙完马上回去。

我的车停在病房门口的时候，父母亲已经站在外面等着了。他们的大半生中有无数次这样的等待——等我坐的大巴车靠站，等邮差送来的一封家信，等一台打谷机开到家门前，等一场雨来代替他们的无数次向土地弯腰。他们站在自己的家门前等，气定神闲。现在换了个地方，他们相互搀扶着，目光里却拘谨得很。父亲入院以来第一次看到病房外面的楼房和街道，他一生都在村子附近转悠，与土地和铁锹打交道，很少有机会看到这样略显繁华的城市。

有很多人，让我们一眼就能够从人群中发现他们。还有一些，就是我眼前的父母这样的人。面对陌生景象，他们的目光是躲闪的，他们小心翼翼地包裹起自己，用之前所有的人生经验保护好自己。他们不与别人交换目光，也不给这城市和街道以无保留的欣赏。他们从不尝试融入，一开始就把这种尝试的可能性消除了。他们没有与眼前景象交换的筹码，那里也没有他们需要交换回来的赌注。所有的动作与眼神，都在隐约地释放一个信号：他们一心一意只想回去，回到自己的来处。

母亲把暖瓶、蚊香和几包纸都留给了邻床的病号，要搬的东西少了很多。雨水斜织着落下来，星星点点地落在那些纸箱上，那些点就由浅棕色变成了深棕色。我让母亲照顾好父亲，我来回往后备厢搬东西。

我搬到第二趟的时候，父亲向着我快步走过来，拿起后备厢里的那把黑色雨伞。他撑起来，打开，遮在了我的头顶。

故事里的事

一

你以为养育了一代代乡人的，只有那里的稻黍稷麦、山川河流和东西南北的风吗？

最大的困扰在于，我们很多时候都只能拥有经验，而对于那些经验背后的真相，却知之甚少。就像我们看到一场南来北往的风，它吹动我们，经过我们，让我们产生爱，产生恨，却没有发现，那其实是岁月的手在试探我们，撩拨我们。它来过之后，每个人的精神面貌之上都会被附上更深的一层灰尘，或者，被抹去最深的那层灰尘。如果风再继续往来，那些灰尘之下的故事，便会一一显露出来。

是的，我们要说的正是这些灰尘之下的故事。

这些故事通常以言说的形式留存在乡间。一辈辈的人们不断地用自己的只言片语和想象力，贴近它们，抚摸它们，加工它们，修饰它们。这些故事最初的蓝图和最终的版本会有多大的差距，已经无人勘验校对。

每一代人，都带着自己听来的那个版本，婚丧嫁娶，繁衍生息，并用一生的荣辱炎凉演绎自己的所思所悟。而其中更隐秘的部分，那些先辈们不可言说、难以捉摸又隐晦难明的心思，还会原封不动地流传下去。

我们都是那个听故事的人。在旧时乡下，无纸，无墨，无笔，人们习惯了以地为纸，以心研墨，以口作笔。绝大多数的经验与教益，都要靠这样的口耳相传，赓续传承。每个人都是上一个时代最鲜活的存储装置，能够用自己的骨血，为一个个故事保鲜、提纯，然后在必要的时候重新输出。这个过程，像酿酒。五谷杂粮投进去，加入时间的作料，喂以人情的药引，等着它在肉体这个温热的容器中慢慢酝酿、发酵，直到有一天，芳香四溢，通达五脏六腑。

那些故事养育了一代代后辈的精神生活。我们在这些故事里做梦、打嗝、长个子，也在这些故事里走访一条河，追踪一只野兔，穿过一缕炊烟，在大地上迎来送往。人世间的冷暖一片片地铺在那些故事上，半冷半热，像一栋修修补补的老屋上那些遮风挡雨的瓦片，相互遮掩，互诉衷肠。

我们经常把自己置身于故事之中。在那些物资匮乏的年代里，我们在一个个既老旧又崭新的故事中，翻手为云、覆手为雨，朝生夕死、南征北战，离合悲欢、五味杂陈。我曾在村口的磨盘旁边，揭穿一只皮狐精狡诈的阴谋，因此改变了一个女人被黑暗吞噬的命运；我也在深山古刹里，点上一盏枯灯，静坐一夜，手里紧握着那根穿好红线的银针，等着那个白胖胖的娃娃敲响我的木门；我还在夜深人静时飞檐走壁，一个腾身就能翻过几丈高的城墙。身后，一整个国家的生死存亡，系在我一个娇小女子的身上……那时候我们多么爱做梦啊。仿佛有两个自我。一个在肉身里活着，她微小卑贱，其貌不扬，生不过一日三餐，逝不过黄土一抔。另一个才是真正的自己，她命令那具渺小的肉身替她去尘世走一遭，她则在我们的梦里活着，充当掌权者、垂帘听政者、审判者或者谋反者；她身怀绝技，修齐治平，一笑倾城；她甚至不怀好意地企图在梦中重塑肉身的自我。那些奇幻玄秘的故事，无数倍地放大了一个孩子的野心。

盛产故事的乡间，民智未开，人烟稀少，灯火微弱，这给了故事以绝佳的入侵机会。那些黑暗的夜晚，裹挟着一个个妖魔鬼怪的情节，跟在一阵阵急促夜行的脚步后面，伺机入侵它们，捕杀它们。夜深人静，树影婆娑，我们一次次地渴望从这样的故事中出逃；天光大亮时，我们又一次次地为这样的故事着迷。一边渴望逃离又一边期待相遇，那种成长时期的悖论挟持着我们，像风一样吹过四季，吹过原野，吹过我的血肉之躯。

我们也都是那个讲故事的人。我们都以一己之身，以各自的嗓音、容貌、体态和举止，活在家谱、地方戏曲、家长里短中，我们谨小慎微或者热情洋溢地交付自己，认真地扮演着故事里的角色，虽然这个过程大多数时候是不自知的。没有人能够在知道了自己正在成为一个故事中的角色后，还可以本色出演，那样的事情更容易发生在舞台剧中。因此，被围困在一个村子里的乡人们，暂时没有这样的高瞻远瞩，知道自己从出生起，便在上演一出别人眼中的悲喜剧。

那些讲故事的人，讲着别人的故事，流着自己的眼泪，又在时间的辗转腾挪下，把自己活成了故事里的人。我村的二老汉，就是这样的故事里的人。

二

二老汉晚年好赌，连离开这个世界，都是趴在麻将桌上去的。

二老汉有一肚子的故事，他给我们讲江湖恩怨、仗剑天涯、权谋决断，也讲妖魔鬼怪、怪力乱神、生灵邪性。那时候他已经很老了，戴一顶毡帽，眯缝着眼，花白的山羊胡子，穿一件黑色夹袄，腰间系着一根粗麻绳。他喜欢坐在马扎上，斜倚着墙根。那时候西斜的阳光正好顺着一面墙倾斜下来，又顺势打在了二老汉的身上，像给他这个人专门加了舞台效果。那些故事就从这些舞台效果里，配合着虫声风声犬吠声，呼啸而至。

不讲故事的时候，二老汉就往麻将屋子里钻。

我曾经进过那些麻将屋子。它们在村子里独占一方，因为地点隐秘而极具诱惑力。麻将屋子都选在光棍或者鳏夫家里，一来不会有老婆嚼舌，二来少人走动，地点隐蔽。

人在年少时，总有这样的挑战万物的执拗。像是在跟整个世界捉迷藏，那些藏着掖着不让我们发现的秘密，越是成为吸引我们去探险的诱惑。那些深达十几米的姜窖是这样，那些用荆条围堵的果园是这样，那个麻将屋子也是这样。

屋子被一扇木门密密地掩着，掩住了里面的烟雾缭绕，掩住了里面的贪婪与欲望，却掩不住那些麻将的碰撞声和此起彼伏的呼喊声。推门进去，方形的麻将桌上，不同的长相，同样的表情，同样的姿势，就像守在一方田地里的野兽。他们首先以猎物的身份隐藏自己，等到猎物出现，便立马露出狰狞的面目，在这方田地里做一番肉搏与厮杀。

二老汉会根据自己在麻将屋子里的战果随时调整自己的故事内容。赌场失意，他便随便搬一个鬼怪蛇仙出来将我们唬退。而他的前半生，就在他春风得意的时候断断续续地被拼凑出来：年轻的时候，他去过北方大城市，娶了美娇娘，发了富贵财，十里八乡数他风流。

"我享过的福，全村找不到第二个。"他有时候会捡着尚可描述的情节，遮遮掩掩地为我们还原那些韵事，惹得一群已初谙世事的孩子大呼小叫一番。

然而，我们从别人的言说中听来的，是另一个版本的二老汉。

那个时候全国上下兴起了打工潮，青年壮年，凡是有力气又不想在地里刨食的，全都搭上了南下或者北上的车。还有好多人，被这股潮流裹挟着、推搡着上了车。

那时候，二老汉的父亲在老家里开着一间小卖部。二老汉领着那个女人从青岛回来的时候，村子里的人争着抢着去看戏，把小卖部围得密不透风。泡面头，红嘴唇，高跟鞋，一身油亮毛皮大衣。等到墙头上和门口里的人越来越少了，二老汉就要和女人进城了。临走前，女人把小卖部里的猪肉、豆腐、干货还有瓜果糖茶等洗劫一空，全都装进她的那个行李箱里拉走了。

不过这个西街村人并不知道，人们只知道后来从二老汉嘴里断断续续补充出来的更重要的细节：女人是青岛本地人，家里好几套房。女人不图咱啥，就图二老汉这个人。

打那之后，那个女人就再也没有出现过。从知情者的只言片语中，不难拼凑出他的轨迹。回到青岛后，二老汉就在女人的强烈要求下去了日本打工，据说是处理废旧轮胎。二老汉出国的第七个月，女人就生下了一个孩子，是个女儿。二老汉从照片上见过她，像她妈，很漂亮。这期间的两年他的主要任务就是一直往母女俩那里寄钱。两年后，合同期满了，女人又说，生活花销太高，家里没攒下钱。于是二老汉又续签了一年合同。一年之后，二老汉兴冲冲地奔向自己的安乐窝，却发现人去楼空。一番查证，房子是租的，名字都是假的。

这往后，二老汉回到村里，一头扎进了麻将屋子里。

那一回，正好碰上县里整顿，两辆警车逆着北风一路呼啸着奔来。刚到胡同口就有人来通风报信，一窝子的人翻窗户翻墙，没跑成的躲在麻将桌底下、床底下、门后面全给逮起来了。但二老汉躲在了一尊佛像背后的神龛里，躲过了一劫。

他后来几次感慨万千，并认为这是佛祖保佑，自己必有后福。佛祖给他的这点荫庇非但没让他反躬自省，反而助长了他翻身的底气。在一个北风卷地的大雪之夜，二老汉在打出那套一色双龙会之后，心满意足地趴在了麻将桌上，连同他的那些故事，再没能翻身。

三

一开始，乡间的所有故事都是以一口井开篇的。

那口老井牢牢占据了村子的地理中心，并因势利导将自己烘托成了舆论中心。它沉默地倾听，是旁观者，是作壁上观者，是渔翁得利者。听着听着，它也摆脱不了普通人的命运，把自己听成了故事的主角。

如何能避免呢？在乡下，人事物景相互交织缠绕，相互置换，彼此以骨血、以呼吸、以性命、以灵魂，以狂妄的呐喊和沉郁的呼唤，它们你中有我，我中有你，早已难割难分了。

水井边常来常往的，最多的就是女人。女人围着水井打水、洗衣、择菜。也会有胆子稍大的女人，在夜深人静的晚上，就着满月的光辉，小心翼翼地用井水濯洗身子。

女人们的故事也是围着这口水井展开的。她们搅动着清澈的井水，沿着柴米油盐的脉络回溯，聊聊丈夫的胃口，聊聊地里的收成，再聊聊孩子的长势。实在没有话题了，她们就聊聊自己的娘家人，交流自己做菜的手艺。真的实在没有话题了，她们会再聊聊天气，聊聊村子里其他的男人和女人。如果你有幸在二十多年前的乡下，在一口水井边旁听一堆妇女的聊天内容，你会惊奇地发现这一点：她们有一种共同的默契，她们在这个舆论中心自觉地屏蔽掉了自己，她们将自己投进了命运的深井。

女人们都有一手提水的硬功夫。她们两脚分立，支撑住自己的身体和提着绳的手臂，望向那口幽深的水井。利索地抖绳，水桶就会倒扣进井水里，发出沉闷的"咕嘟"声。随后她们开始臂膀发力，左右手交替用力，一把一把将那桶水提出井口。

写到这里，就该故事中的女主角出场了。当几乎所有的女人，不假思索地，将自己的命运提在手上，扔进井底的时候，她却反其道而行之，拽紧井绳，像拉起一桶水那样，一把一把将自己拉了上来。

女人们经常在井边讲到她，提起她的时候更多的是提起她丈夫的名字，她被裹挟在丈夫的姓氏里面，作为一种附属物存在着：院子里的响动，女人的哭号，婆婆的叫骂，彻夜不绝。

二十年前的那一天，当时还有着妻子和母亲双重身份的女人做出了那个决定，一定是因为恐惧和疲惫、孤独与愤恨将她推到了情绪的极点。她一定也懂得三从四德、夫唱妇随的道德规范，但是两种力量的无休止的拉扯，最终让她做出了这个选择——状告了自己的丈夫。

那一天，她拽紧了自己命运的井绳，占领了自己人格力量的高地，将乡间伦理狠狠地踩在了脚下。记得哪位哲人说过，其实人跟树是一样的，越是向往高处的阳光，它的根就越要伸向黑暗的地底。

她原本也想相夫教子、朝出夕作，她原本也想举案齐眉、尽心奉老，她选定了这个现实而现实并没有眷顾她，她遇到的是刁钻的婆婆终日谩骂，懒惰的丈夫拳脚相加。起诉之前她去过一次娘家，寻求救援。我们大约能够从她回来后的决定里猜想出娘家人的态度：多少女人都是从这样的生活中蹚过来的，为什么只有你忍受不住？

　　这个故事里，唯一的牺牲品是她的小儿子。值得欣慰的是，多年之后，当她早已远走他乡展开新的生活时，这个已经长大成另外一个男人的孩子，没有重演他父亲的悲剧。

　　在世俗伦理中，人们取消一切曲线，用一把笔管条直的尺子，利刃如刀的尺子，切割一切行为规矩，毫不留情。然而那个女人，用自己柔软的女儿之躯，为自己的前路争取了一线生机。她一个人站在这个故事里，站在明处，与整个村子为敌，与世俗伦理观念为敌。我不相信这个故事之后，村里的男人还会变本加厉地对自己的女人拳脚相加，我也不相信这个故事之后，还有女人会逆来顺受地容忍从精神到肉体的折磨。

　　这真是一场漂亮的反击。作为一个符号，女人将自己的命运从井底打捞出来。她大汗淋漓，她伤筋动骨，她也同时完成了绝地反击。

四

　　那只红色狐狸，整夜整夜地在山岗之上，同我对视，与我为敌。

　　我从来没有亲眼见过那只狐狸。有一段时间，村子里空气骤然凝结，人人自危。据说村东一家狐狸养殖场里走失了一只狐狸。"那可是场里唯一一只红狐狸，毛色像着了火……"讲故事的张老汉斜倚在初冬的草垛上，他不时地用旱烟杆在烟袋里挖几下，他的烟袋锅子上星星点点的火光就有了燎原之势。

　　那些日子，家家户户开始筑牢自己的围栏，盯紧六畜和五谷，入夜即闭户，风声鹤唳，草木皆狐。养殖场里派了专门的人手，这些人熟悉狐狸的习性，在村子周围的密林里围追堵截。

那些密林深处，杂草丛生，常年不见人烟，像时间和空间的黑洞，任由那些野生植物和动物在其中繁衍生息，自得其乐。一只红狐狸窜进这样的密林中，如鱼得水。向着密林深处回溯，在远古时代，这只红狐狸的祖先就曾经无数次被我们的祖先在长途追逐中束手无策。搜寻工作进行了几天，最终一无所获。

奶奶不让我离家太远，说尤其走夜路的时候，一定要留神周围的动静，不要被那只狐狸尾随。奶奶这句刻意的叮嘱，像一枚楔子，狠狠地钉进了我的心里。有时候在菜园里浇水，我会感觉到那双滚烫如炭的眼睛灼伤了我的后背，我不由自主地反复摸索，起身后巡视四周；有时候在野地里收麦，那时候麦浪起伏，一望无际的黄，我对周围深及膝盖的麦秆心惊胆寒，我知道那样的高度足以掩藏一只有野心的狐狸，让它围剿我、攻击我、打败我；有时候是在山坡上，我占领了高地的时刻并不多，这时候我要举目四望，寻找那一抹红色，尽管几次无果，但那双眼睛，一直紧紧地盯着我。

再后来呢？那只狐狸被找到了吗？我没能知道答案，张老汉也没有找到它的答案。我们在日升月落中迅速地忽略了这个事件的具体走向。这个故事带给我们的冲击也很快被张老汉烟袋锅子中新的烟雾取代。

我无数次在午夜梦回的朦胧中与那只眼睛对视。那样幽深的黑暗里，始终藏着一片深不见底的湖水，它紧盯着我，将我拽入恐惧的深渊。我一次次在这个恐惧的深渊中下坠，下坠，直至溺水般无法呼吸，又有一团火燃烧着将我从这片湖水中托举而起。我沉迷于此，沉迷于那双眼睛给予我的恐惧与救赎，这两种感觉相互对峙，最终合力将我从梦境中推出。

与一具最终被围剿后装进麻袋的僵硬尸体相比，我更愿意相信，那只狐狸从我们村出发，最终奔向了它自己的远方。这么多年过去，它仍旧奔袭在旷野里，奔袭在一片片密林一座座青山中。它的眼神更加坚定，红色的皮毛光洁柔亮，身姿矫捷。像一团火，所到之地的荒芜都被它一一点亮。

狐狸的故事中，有一个背景最为苍茫深远：那只红狐狸站在高岗之上，风轻拂着它油亮火红的皮毛，天地无言，荒野无言。它回首，望向高岗下的小村庄；它颔首，然后化为一道红色闪电。它一定是一路往南奔袭的。在无数个夜深人静的时刻，它的每一次矫捷的腾挪都会惊起林中的宿鸟，腾起脚下的尘埃。

它最终从故事里出走，又把自己奔袭进了一个更为久远的故事里。在那个故事里，它早已修炼成人形，这个时候我们叙述的主语就应该由"它"转换为"她"了。她"颇亦不钝，但少教训，嬉不知愁"，独居幽谷，披萝带荔，所住之地"乱山合沓，空翠爽肌，寂无人行，止有鸟道。遥望谷底，丛花乱树中，隐隐有小里落……门前皆丝柳，墙内桃杏尤繁，间以修竹，野鸟格磔其中"。在蒲松龄先生的《婴宁》一篇中，开篇的王子服为"莒之罗店人"，而王子服寤寐思服的女子，所居之地"西南山中，去此可三十余里"。莒即我的家乡、那只红狐狸走失的起点——莒县，而罗店极有可能是今天的莒县罗米庄村，从罗米庄往西南去三十余里，实考为莒县浮来山。

我因此大抵可以断定，那只红狐狸，正是循着《聊斋志异》里的草蛇灰线，一路往西南山中，奔袭了三十里地，在今天的浮来山中隐姓埋名。那双一直在暗中灼烧着我的眼睛，终于在故事里放过了我，也在故事中完成了它自己。

五

那时候我在镇上读高中。晚自习结束后一个人回家。黑暗中没有一盏灯，它们静悄悄地埋伏着，企图围剿我。

从学校到家里只有几百米的距离。这几百米的蜿蜒小路，远远地与一片林地沉默对峙。

在鲁东南乡下，"林地"两个字有着特殊的含义，这块被一个家族单独圈画出来的土地上，安放着一个家族已经盖棺定论的历史云烟。它是每个人的过去时，也注定会成为每个人的将来时。在这片林地里，来世与今生相互对望，彼此心知肚明却又山河永隔。这是每个人的身后之地。之所以叫作林地，是因为在这块土地上，伴随着每一个已逝之人，家人都会在新坟前种下一棵松树。久而久之，这块地方的松树遮天蔽日，松涛阵阵。

一个扣人心弦的故事，一定离不开一片林地。譬如奶奶讲的那些故事，多半发生在林地。说的是一个酒鬼大半夜路过一片林地，坟头上有位老者想要一根烟抽。酒鬼抽出两根烟，二人席地而坐，吞云吐雾一番。临行，老者往酒鬼的腰间塞了一把钱。天亮时酒鬼再看，腰间竟是一堆纸钱。说的是一个小媳妇回娘家省亲，脚程慢了些，天黑时偶入一户人家。主人好酒好菜地招待，临睡时主人还给她盖上了棉被。小媳妇醒来后发现自己身在一片林地，身披烧纸。说的是有亡父者，某夜梦见老父前来哭诉，说房子漏雨无法安卧。天亮时前往林地查看，果然坟前有一塌洞，遂填平安顿，烧纸叩拜……

起初，我企图用狂奔甩掉它们。我的脚步和那些故事，变成了相互较力的两部分。我快跑的时候，它们也跟着我快跑；我放慢脚步，它们就缓缓地跟着。它们始终与我保持着一段若即若离的距离，这个距离足够让我毛骨悚然，却也让我安然无恙。

在黑暗中救赎我的，仍旧是奶奶。奶奶告诉我，人的身上有三盏灯，头顶一盏，双肩各一盏。走夜路时不要回头，不要跑，灯不灭，鬼怪就不敢近前。靠着奶奶的这句话，我躲过了黑暗中的那些目光，躲过了树影在月光的晕染下张牙舞爪的围追堵截。那些晃动的凌乱的树影，那些峭愣愣如鬼一般的黑暗，那些森然欲搏人的故事，都被奶奶的话一一安抚在身后。后来，那条路上安装了路灯，明亮的光像一把把利刃，它刺穿黑暗，也刺穿黑暗中的那些埋伏。那些晚归的高中生再不必有我这样黑暗中的狂奔与恐惧。

自然，我从来不是第一个在黑暗中试图逃离故事的人，我也不会是最后一个。这是一整个时代的风俗教化。那些故事影响了我们，也塑造了我们。在那个混沌、蒙昧、贫乏的年月，这些故事，以一种或迷人或恐惧的方式乘虚而入，间接完成了阅读启蒙、想象力锻造、价值观塑造等任务。像一阵阵风，在一颗种子挣扎着萌发的时候，风一吹，种子就醒了。那些祖先们世代倾注的良苦用心与恐怖或者幽暗的外衣，在一个个故事中相安无事地存活了下来。

无法忽视的是，当一条滔滔大河以势不可挡之势，从祖先的原住地顺流而下，一路裹挟着泥沙和雨水，却倏然被一台从新时代开来的挖掘机卡住了。它被硬生生咬在挖掘机冰冷的齿轮中，不再翻涌。那些产生故事的老墙皮剥落了；那些飘出悠长小调的巷子，作为故事产生的背景音，在挖掘机的攻势下轰然倒下；那些为故事掺杂了绵柔、温暖和温馨的草垛，一一撤退，向着一块块水泥路面屈膝下去，直至湮没无存。那些讲故事的人呢，他们将那些先辈们口耳相传的故事妥善保管在身体里，像保管一个个传家瓷器，不再轻易示人。

现在，回到本文一开始的那个问题：这些故事最初的版本，留在了这条大河的起点；我们听到的这个版本，会是它的终点吗？

这时候我愿意提到事物发展变化的普遍逻辑，岁月赓续，万物更迭，婚丧嫁娶，生生不息。一辈辈乡人，用自己的血肉与灵性，与祖先们各自占据河流的此岸与彼岸，从故事里再次出发。

以离别之名

　　每一次离别，都是具体而微的。具体到每一个精确的年月日，具体到每一个精确的经纬坐标，具体到每一个精确的面部表情。譬如看到一枚秋叶从枝头摇摇晃晃俯身坠下；看到太阳如一枚金币落到山的那一边；看到一个孩子松开你的手掌，蹦蹦跳跳走进学校；看到一个陌生人，她匆匆地从你身边经过，留下茉莉花的发香……

　　科学统计显示，人体更换一次细胞的周期大约为120到200天，大约每6到7年全部更新一次。不同细胞的更新周期也不一样，短寿者如肠绒毛，每2到3天更新一次，味蕾细胞的寿命只有10天，肺表面细胞走到生命终点大约2到3周，指甲的完整生长周期是6到10个月，头发的生长周期是3到6年，而最长寿的要数脑细胞与眼部细胞，它们和我们人体的寿命等长。而当这些数字具体到每个细胞，经过换算，人体中每秒大概有500万个细胞在经历死亡的过程。

　　在这个意义上，每个人每时每刻都在与自己做着微不足道的离别。

我们像一个个寂寞的表盘，围着自己的圆心"嘀嗒嘀嗒"地旋转，分秒不差地，与上一秒钟的自己告别。那么，可不可以这样理解，自从我们以一个具备自我意识的生命个体诞生在这个星球上，我们就一直在反复练习和适应这种短暂、漫长又浩浩荡荡的告别？

有一些离别是经过精心准备的，比如一次短暂重逢后的长久分离或一次长久分离后的短暂重逢，比如一场同窗之情以毕业为仪式的分离，再比如一场久病之后最终以死亡作为离别。当一场相遇最终随着时间的云雾散去，我们挥手、拥抱或者吻别，以微笑以沉默以眼泪。

还有一些离别，它们发生得猝不及防，考验着每个当局者，要拿出怎样的条件反射和情绪端倪去应对这突如其来的变故。而置身其中的我们，又能否经受住这猝不及防的考验？

我在之后的许多年里，一直在脑海中反复构建那个夜晚的情形。在我的大伯、父亲、叔叔、诸位婶婶缺席所产生的巨大空白中，我的90岁的奶奶，到底经历了怎样的恐慌与无助？

这是一间鲁西南乡村最普通的民居，堂屋三间土坯房，偏屋一间用作厨房，一间垒炕。北方冬天严寒，乡下人喜欢睡炕。炕的一头连着厨房的灶膛，那些暖烘烘的麦秸玉米秸，除了熬出奶奶最爱喝的八宝粥，也能顺便把炕烘暖。奶奶终其一生就围着这三间瓦房、一间厨房和一个火炕转悠。只是那最后空缺的一页，在她生命最紧要也最后的空白，需要我们这些与她阴阳两隔的亲人来一一填补。

我奶奶的那个院子，在南店村的腹地，南店村在鲁东南地区的一片丘陵地带。奶奶家前面是村子里的一口老井，井边有两棵大槐树；奶奶家西边是一条通往水泥路的宽土路，路旁有一盘石碾，掌管着村子里一年四季的胃口。春天碾豆子玉米，夏天碾辣椒小麦，秋天碾花生，冬天碾大米小米。

现在说回奶奶家的院子。如果你在二十世纪八九十年代来到南店村，大概很容易能够找到奶奶家。站在村口往东看，极目远望有两棵最高的槐树，槐树杈上有一个碾砣大的喜鹊窝。你的视线沿着这两棵槐树继续往前滑行，会看到一排四棵笔直排列的香椿树，初春是红色的叶芽，夏秋季节叶芽变成翠绿。然后你的视线落下来，那就是奶奶的院子。

奶奶的院子在一个东西向的胡同里。胡同里一共有三户人家。西户人家以屠宰为业，家门前常常堆放着猪毛、羊肠、牛骨头。东户人家的主人是退休的乡村教师。奶奶住中间户，一生以务农为业，育有四儿一女。

先是，东户人家的儿子大学毕业后考上了城里的学校，又把二老接到城里享天年，东户的槐木门上落了锁。再是，西户人家终日杀牛宰羊，又因为生活口角挥刀相向，引得警车与救护车在胡同里呼啸了好一阵子，继而西户人家的槐木门上也落了锁。

于是奶奶的门便整日地开了又关，关了又开。奶奶抱着一捆柴火走进来，奶奶拎着一篮子鸡蛋走出去。奶奶扶着门框走进来，奶奶拄着枣木拐杖走出去。

等她再握着一把香椿芽走出来的时候，时间就来到了新千年。

那时候我工作刚刚稳定下来。除了在身边的大儿子、二儿子和远嫁的女儿，她的三儿子在烟台船厂黑漆漆的船舱里干漆工干到了第六个年头，她的小儿子仍旧在南方闯荡。

在奶奶生命中的最后几年里，死亡一直如影随形。作为我村最后一个小脚老太太，奶奶在村子里的一举一动都让人牵肠挂肚。她同村里几乎所有老年人一样，保持着日落即眠、鸡鸣便起的作息规律。剩下的时间，她割羊草、拾荒、做女红，样样不落人后。

其实奶奶的离开早有征兆。如我们这般的乡下人家，每到秋收季节，就会去别人业已收获的地里，用一把镢头深翻泥土，捡拾那些被遗落的粮食。奶奶就是在这个时候晕倒在地里的。

　　镇卫生院的人说，奶奶这是老年高血压，不宜再做重体力劳动。死亡的阴影迎头痛击，大伯、父亲和叔叔轮流值班，每晚一人在奶奶的炕前轮守。后来，奶奶活动如常，她便拿出家长的威严，厉声赶走了老儿子们。

　　通常情况下，你会看到一群年轻人光明磊落地谈论死亡，甚至以死亡作为自己的赌注或者发誓的筹码。"死亡"这两个字，对于他们而言无异于天方夜谭。这个远到漫无边际需要捕风捉影才能够一探其面目的词语，丝毫不会引起他们设身处地的恐惧。但你很少会看到一个老人，一本正经地谈论死亡。它像那股明早一推门就会出现在家门前刮起几粒沙尘的山风，如影随形；它像那个村前几近干涸的池塘，裸露的皲裂的淤泥触目惊心。事实让人无处可藏，那是个随时可能发作的具体可感的动词，让人谈之色变。这就是全部的事实："死亡"悄悄脱掉自己的鞋子，默无声息地靠近他们，而他们表面的风平浪静，会不会是一种恐惧的伪装？

　　老年高血压让奶奶像一台老式座钟，上一次发条可以供她在村子里转悠上几圈。你却不能预判，下一次需要上紧发条的日子。

　　那是个寒冷的冬天。大地冰封，鸟兽无迹，乡亲们瑟缩在炉前取暖。往常，三叔给奶奶送水饺遇到她不在家时，会把水饺挂在门环上。等下顿饭再送，水饺早已被奶奶取走。那次三叔一进门就看到了那袋水饺，仍旧挂在门环上，冻成了一只只冰耳朵。

　　婶婶回忆，当三叔和大伯翻墙进去时，奶奶正趴在炕沿上，一只手搭在炕头的那只枣木箱上。那里面是她提前几年就为自己备下"增福添寿"的寿衣。

大伯和三叔把奶奶扶起来躺好，已经是奶奶弥留之际了。

"死亡"铺天盖地地偷袭了奶奶，让整个家庭手足无措。

奶奶力气大、干劲足，一个人喂了十几头羊。之所以没有确切的数字，是因为这些羊中母羊居多，它们连绵不断用旺盛的生命力，扩充着这个族群的数量。

奶奶刚领养了一只小狗，它趴在窗前，冲着大伯和三叔摇尾巴。她的院子里是一簸箕干粮，煎饼、馒头、饼干碎，都是她平日里在镇上转悠时捡来的。下过一层薄薄的雪，雪沫子在簸箕里打着旋儿，分不清哪些是雪，哪些是馒头渣。

奶奶一直计划着明年开春的事情，她还跟三叔谈好了，要种回自己的三分地……

而以上的种种，都是我事后从百里外的小城赶回去，通过亲人们的叙述拼凑出来的。在这个时间段里，我和其他堂哥堂弟堂姐堂妹们一样，都在各自的城市里忙得像个陀螺。等我回到这个村子，推开那扇门，哭声震天动地。

彼时，母亲正远在千里之外履行着她作为一个奶奶的职责，她已经三个月没有回家。等收到父亲的消息，买好机票赶回来，她才后知后觉地向我描述起她的一个梦境：

她刚安顿好孙子，躺下睡觉，卧室门被徐徐推开，一个女人走进来，看不清面孔，但是感觉体态轻盈。母亲想起身打招呼，可是她动弹不得。那女人来到母亲床前，俯下身子，低头冲着母亲说："龙龙妈，我来看看你。"

母亲一身冷汗惊醒。在鲁东南乡下，一个女人一生中会更换三个名字。结婚之前有一个本名，不论是翠花、菊香、桂梅或者其他的什么，在这个名字荫庇下的女人，处于一生中最自由的时段。结婚之后，那个带着女子芬芳的本名就被湮没在丈夫的姓氏下面。如果嫁的人姓张，就被称作"老张"；嫁的人姓王，就被称为"老王"。有了孩子以后，女人的姓名又被冠以孩子的名字。生子如叫军军，就被唤作"军军妈"；生子如叫笑笑，就被叫作"笑笑妈"。一个以这样的名字称呼你的梦中人，肯定是故乡村子里的老熟人了。母亲那一夜辗转反侧，也没能够想清楚梦里那个旧相识的脸。

隔天收到父亲的电话后，母亲猛然惊醒："咱娘可真厉害，这么远的路啊，从山东到大连，她怎么找到的？"

我相信如奶奶这般的乡间老人，都是来自泥土的。这些在泥土中摸爬滚打了近一个世纪的，经历了几次社会动荡和改革，尝尽人间悲辛的老人们，比我们这些出生在20世纪末的年轻人，更有资格入土为安。他们老茧丛生的手指这样告诉你，他们饱经沧桑的皱纹这样告诉你，他们坚实的脚印这样告诉你。

我们害怕提到"葬礼"这个词语，更甚于害怕提到"死亡"。死亡是一个中性词，它可以用于修饰任何一个生命的结尾，一棵树的倒下可以被称作死亡，一只鸟的跌落可以被称作死亡，一场白日梦的终结可以被称作死亡，一个在世间行走过一遭的人最终告别，当然也应该被称作死亡。然而，"葬礼"却是独属于人间的词语。这是一场以"死亡"为中心词的隆重而盛大的仪式。正因其隆重而盛大，才让人望而生畏，心惊胆寒。面对一场死亡，你可能会处之泰然；面对一场葬礼，你则必须庄重严肃悲伤。死亡面向的是死者，而葬礼却调转头来，考验着生者。

奶奶的葬礼过程按部就班，一切按照我们当地的风俗进行着，像一粒粮食落入土地那样安稳、自然、顺理成章。那时候大伯、父亲和堂弟已经将奶奶的骨灰从火葬场带回来。说是骨灰，更准确地说，是用包袱包裹着的尸骨。那些尸骨被一一摆放进棺木里，仍旧按照奶奶躺下的样子。我看到那些轻巧的、灰色的骨头，那些在院子里、水井边、野地里劳作半生的骨头，再也不用打水、劈柴、做饭、扫落叶、放羊、割草了，再也不用在阳光下穿针引线做女红了。

大地之上，奶奶的生命之河不再流淌，日渐枯萎的河床上，雪粒子像细盐一般刮过来，支离破碎地拍打着这个四方天井的小院。

小院里盛放着奶奶生命中唯一一个不够完整的冬天。她像一台破旧的机器，被搁置在一座崭新的厂房里。

奶奶的一生，仅仅用这几块轻轻地骨头便被轻易篡改了。我很难想象，需要花多长时间才能够让自己接受，奶奶的一生，完完整整地与这眼前的画上等号。我甚至不愿意承认那就是奶奶。

一场大火就轻而易举地为奶奶的一生画上了句号，她生命的册页缓慢合上。那些喜怒哀乐与春种秋收，都留给尚在人间的我们，一一封存。

奶奶一共有 14 个孙辈。我们像一条大河里延伸出来的支流，从同一个源头出发，驶向各自不同的远方。其中流得最远的，是大学毕业后在新疆工作的二弟；即便是没有读过大学的堂妹，也已在 60 千米外的隔壁县城安家落户。对于一辈子都没有出过县城的奶奶来说，要想能随时见到这些天南海北的子孙，无疑是奢望。从这个角度而言，我们的远方，更像是一种用表面的诗意粉饰的深度离别。我们的每一次出发，都是在向那些站在原点的人和事挥手告别。而奶奶一直在这我们生命的原住址上，帮我们照看着族谱与回忆，也对我们翘首企盼。

出殡之日，送殡的队伍浩浩荡荡，我们按照家族辈分列队出发。平生中为数不多的几次，我们以送别的形式整整齐齐地相聚。我们以离别的名义，抛下各自的工作和家庭，来到自己生命之河的源头，奔赴一场生离死别的仪式。

我还想还原一下村里另一个本家大伯的离开。他的晚年生活，潦草地结束于一瓶酒和一瓶药。

如果不是因为前几年一次喝酒后的中风，他还是那个走路带风的壮劳力，也是我们家族红白喜事上能顶天的老人。

那天他一个人蹒跚着爬上了公交车。广场上蹲在墙根的老人正抽着一管旱烟，还是那种老式的烟袋，他刚刚续好的烟袋锅子里火星点点。他长吁一口气，一缕香烟就飘飘摇摇升了上去。

"进城啊，他大哥？"

大伯没有应声，他赶在车门关闭前挂着一根拐杖坐上了801路公交车。这辆车以我们村为始发站，终点是县城的花木市场。

在他离开之前，没人清楚这个中风后正在康复期的男人与一辆公交车和一座县城的秘密。

在那辆人生的末班车上，他一定也如同无数次相似的经历一样，选一个靠窗的位置坐下，然后听着公交车一站一站播报站名，再将他和其他的乘客一起，从乡村送往城市。他的周围，坐着表面看起来跟他别无二致的乡下人，怀揣着各种各样的进城的目的：进城看病，进城送孙子上学，进城选购村里没有的时尚货……城市里面，有三甲医院，有重点学校，有大型商场，有名贵花木。而在大伯看来，还有最重要的农药店。

一家开在几十里之外的县城的农药店与一家开在家门前的镇农药店有什么不同呢？无非是货品全一点，价格低廉一点，装修体面一点。然而在大伯那里，这些都无足轻重。最重要的是，县城的那家农药店，并不认识这个一心求死的壮劳力，也没有乡亲专门跟他们交代，不要卖给这个一心求死的壮劳力任何农药。

是的，在大伯去县城之前，他已经试遍了镇上的三家农药店、四家大药房和一家村诊所。那些店里的老板一眼就认出了这个拄着拐杖的老人——那个被乡亲们提前叮嘱好了不要卖给他那种药的大伯。

一个村有多大啊，这里的乡亲们岁岁年年地掺和在一起，一起翻地，一起拉秧，一起浇粪，一起刨土，一起买量大优惠的化肥。东家井里多少水、西家地里多少粮、张三李四有啥难念的经，就像长久盘踞在村子上空的风声，他们彼此一清二楚。更别说大伯这种整日里将"死"这个在本地方言中像根刺一般的字挂在嘴边的人。那些老人，老早地跟镇上的农药店打好了招呼。

他从城里回来的那天下午，一切都正常。村里人回忆，他是空着手回来的，除了那根中风后用来支撑身体的拐杖，以及他怎么也扔不掉的卒中后遗症，他身上空无一物。他下车后仍旧在平日里常坐的广场上坐下来，跟那些常跟他聊天的老人们聊了会儿，聊的也是跟平常一样的话题：诸如孩子不让抽烟了，还是想抽，忍不了的时候，大不了再抽上几口；诸如孩子又托人捎回来一个电饭锅，以后做饭更方便了。那天的话题，他是往后看着聊的，聊到了很久以后的打算。

当他的两个早已大学毕业在省城工作的儿子接到邻居电话赶回来的时候，大伯的床头边放着一个空酒瓶、一个空农药瓶，地上横七竖八躺着一地烟头。

照例是出殡，按照我们鲁东南乡村的风俗，一个门里的亲戚们都要赶来帮忙操办丧事。两个儿子在屋子里帮父亲穿上体面的寿衣。外面的亲戚们开始想往后的路："早知道他也是个不想活的，干吗还要让这俩儿给他凑那十几万治病啊？"

逝者已去，这些没能挽留住一条跳落悬崖的性命的乡亲们开始埋怨起他的决绝。

作为这个故事的主角，大伯已经不能够再澄清什么。不知道他在命运的悬崖边上，最终解开的绳索另一头，到底拴着什么重量的生之疲惫？

本地流行土葬，乡下人信奉"入土为安"这一根深蒂固的传统观念。这些在土地上耕种、收获已经朝夕相处了一辈子的庄稼人，他们本能地、天然地给予土地一种虔诚的、婴孩对母亲般的信赖、憧憬与安全感。一个人不论面对怎样的死亡困境，当他一想到自己最终会归入一抔泥土，都能够在灵魂上获得些许安宁。这片土地为祖祖辈辈的乡亲们奉献了用以充饥果腹、繁衍生息的粮食和生活家园，同时也将那些在这片土地上倒下去的圣灵们，全部揽入自己的怀抱。

我们本村的墓地，在村西岭的那片松柏林中。世世代代的人们，在这块土地上出生，又在这块土地上老去。死亡，这件看起来如此让人惊惧、排斥同时又庄严、神圣的大事件，因为有了这片土地，变得如此稀松平常又顺其自然。

活着的人们，会在逝者坟前栽植双数的松柏，寓意万年长青。长此以往，这片坟地便成了大地之上蓊蓊郁郁的存在。不论严寒酷暑，在我村西岭的这个视觉制高点上，只要你遥望，就会看到这一片浓绿的松涛，缄默不语，替活着的人们守护着逝者，也替逝者守护着那些仍旧在这片土地上春种秋收的亲人们。

所以，在我们本地，书面语"坟地"其实有一个听起来更加温馨、亲切又充满生命力的称呼——林地，或者直接简称为"林"。本地方言习惯用韵母"en"替代韵母"in"的音节，它的发音背后，矗立着一个个整齐的墓碑，矗立着一座座庄严而亲切的坟茔，也矗立着村里每个人的必经之地。

所以，我们应该厘清其中的因果关系：先有了坟茔，而后才有了松柏林，于是"林地"顺理成章地成了这一片衔接生与死的讳饰和代名词。

林地的周围，照常都是一些庄稼地。在这些庄稼人看来，一块靠近林地的土地，与那些远离林地的土地似乎没有收成上的差别。然而在情感上，有一些人更愿意用自己一块更肥沃、面积更大的土地，去置换靠近林地的一块薄地，只为靠近那片林地里与自己生死两隔的亲人。

他们在这片土地上耕种，如同祖祖辈辈在耕种：一样地刨土、深耕，一样地播种、施肥，一样地坐在地头抽上一根烟解乏，一样地看着不远处的一座座沉默的坟茔，没有言语。

等日落西山，黄昏的暗影笼罩了这一片土地，庄稼人扛着锄头、拖着弯腰荷锄一整天的疲惫身躯离开，大地之上重新变得寂静而空旷，仿佛一切与生死有关的事物，都不曾发生。

似有一只无形的大手，按照某种既定又隐晦的规律隔开不同逝者的祭日。仿佛一个日子里只能够容纳一种悲伤，因此它让某个具体的一天也只是其中一座坟茔的祭日。这家人在坟前烧纸、悼念、祭奠，然后放声痛哭，除了山风和飞鸟，绝不会被轻易打扰。

近年来，丧葬改革以后，镇上统一规划用一块土地建起了气派的公墓。公墓高高耸立，像城里的一座座商品楼，像时装的最新款式，在流行的与传统的变革更新中，连死亡都不能例外。

村里人调侃，打拼了一辈子没能住上楼房，死了倒是住上楼房了。乡下人的院子宽敞，推门就是河山田地，一辈子幕天席地地生活，大声说话大口喝水大碗吃饭，练就了直爽敞亮的性子。连南来北往的风都是大手笔，席卷而过。

而死亡，却让每个人都分了一张写着几层几号的号码牌。

这些大地之上的坟茔或者公墓，紧紧搂靠在大地怀中。死亡让人们像树上的果子，一个个落下来，顺其自然，也身不由己。

幸好，这些只是对活着的人的区别；幸好，"死亡"这个具体而生动的谓语，对于它们的主语而言，已经是一片虚无。

当然，这些或高或低的坟茔，都不过是限制了死亡的形式，却并没有从根本上改变死亡的本质。当一副躯体连同他一生的辛酸苦楚、爱恨情仇，经历过死亡这场高温燃烧，化为烟尘，那个高高隆起或者悬着的标志，不过是活着的人们对自己灵魂的象征主义的清醒告慰。

高密度的甜

它们细长坚韧的藤条漫过地垄、爬过山坡，在一片砂石土砾之间，演绎着自己如乡间父老一样强悍的生命力。

红薯，在鲁东南的乡下，被人们更通俗地叫作地瓜。顾名思义，地里结出的瓜。简单的两个字，尽显庄稼人的憨厚、朴实。这些跟土地打了一辈子交道的庄稼人，春种秋收，用力气和汗水跟土地交换斤两，不需要拐弯抹角。

土地馈赠给庄稼人的瓜多种多样，有西瓜、甜瓜、冬瓜、南瓜、苦瓜……其中，地瓜因其产量高、质地硬、甜度和营养价值俱佳，当之无愧地成为众瓜中的主食。这种在四百多年前传入中国的食物，一旦在鲁东南丘陵地带扎下根来，便迅速地开始繁衍生息，砂石地、黏土地，它无可挑剔。

栽地瓜、刨地瓜、切地瓜、晒地瓜皮、收地瓜皮……在所有的农作物中，地瓜算是种植工序最烦琐的一类。我想要梳理这道繁重农事的起点，又似乎陷入了"鸡生蛋"和"蛋生鸡"的困境。我实在不清楚，到底要从一个地瓜在冬天的妥善收藏开始写起，还是从一棵瓜秧在春天的入土开始。人们在秋天收获，冬天贮藏，春天育秧，夏天劳作，然后等待收获。在春夏秋冬的轮回中，选择从哪一环开始，仿佛都是不够完满的。

母亲最擅长解决这样的问题。每一年，她选择这个圆形繁衍周期的起点位置都不太相同。如果头一年的收成好，母亲就会多留一些地瓜做种。这时候地瓜的一生，就是从冬天开始计时。如果收成不太如意，母亲就把地瓜悉数加工，再储藏或者售卖。来年的春天，她还会去集市上买一些地瓜秧。这时候，地瓜的一生就从春天开始计时。这是每一个乡间母亲在日久天长的劳作中实践出来的智慧，只有她们能算得清那些地瓜的一生。

栽地瓜也麻烦，一棵一棵地管着，每一棵都得上心，扒窝、栽秧、上药、浇水、培土，顺序是固定的。前一步做后一步的引子，后一步将前一步妥善安置，稳扎稳打，每一步都不容乱。

其他的作物只需要大水漫灌，而地瓜却需要一棵棵单独喂水。母亲在前面扒窝，我跟在母亲后面栽秧，弟弟跟在我后面上药，父亲跟在弟弟后面浇水。我们四个人像车间流水线上的工人，分工明确，各司其职，有条不紊地，在一棵棵瓜秧面前反复地弯腰、起身、弯腰、起身，像是周而复始的叩拜。

多年以后我跟随自己的同乡远赴青岛做暑假工，在饰品厂宽大的工作台上穿针引线，我的身体也一直在重复着童年时在地瓜田里的姿势。我要在一颗颗珠子被机器送到面前的时候躬身抓起来，快速穿线，然后再放下。然而那些冰冷的珠子却不能给予我长久的慰藉。我与这些五颜六色的圆形，关系实在单纯。我只需要跟每一颗保持几秒钟的接触，然后换来几个月的生活费，从此天涯陌路。它们不会像那些地瓜秧，以一己之力串联起我们一家人的节奏与憧憬。它们也不会像那些地瓜秧，把我们的力气和心思一起埋在地里之后，选择某一特定的时刻，回馈给我们高密度的甜。

生长的过程是缓慢的、沉默的、秘而不宣的。这些被小心翼翼、一棵棵单独照管过的秧苗，将在以后五个月的时间里，经历一场脱胎换骨的蜕变，如同它们的祖先之前经历的那般。它们首先从身体里伸出根茎，牢牢地抓住这片土地，再用自己的触手圈出更广阔的领地，一棵与一棵之间可以相互勾肩搭背、分庭抗礼，甚至势不两立，以强韧有力的茎宣示自己的野心。而土地之上的这个过程，通常是与土地之下的另一场运动齐头并进的。在那里，在沙石土砾围堵的暗处，一棵幼小的根苗已经初具蓬勃的生命，它要将天地的血脉与灵气，幻化成身体里一次次细小的膨胀与爆裂。它们横向突围，它们纵向开拓，它们躲过石块的围追堵截，它们在一场场春风和一次次秋雨中，最终完成了自己，膨出肉质紧实、甜度饱满的块根。

刨地瓜最好的时机是霜降前后，被霜打过的地瓜秧，全部的甜和香都藏进了地里。这是土地与庄稼人约定好的时间节点。

刨地瓜的第一件事情是扯断地瓜秧，露出一条条的沟垄。在乡下，很多真相只需要费一点力气就能够揭示。就像扯断了地瓜秧，我们就能够看个清楚，哪一些垄上的地瓜急于暴露自己，哪一些垄上的仍旧羞涩、引而不发。

地瓜秧从自己的块根出发，四面埋伏、纵横交错的触手相互缠绕，父亲用镢头钩住其中的一处，就能够把整片地瓜秧扯起来。他往前走两步，再猛地一拽，整片地瓜秧就被扯断了。这是一场人与地瓜的拔河较量。较量的结果，就是父亲朝着粗糙的手心啐一口唾沫，搓一下手心，握住镢头，选一个地瓜垄，稳稳地刨下去。

刨地瓜的镢头不同于一般的镢头。乡下人的智慧在农具上得到了最大限度发挥。最开始用的镢头是一块整齐的长方形铁片，铁片顶端锋利尖锐，但是齐整的顶端容易误伤地瓜，甚至将地瓜整块地切断，露出乳白色的断面和汁液。再后来，人们就发明了一种杈状的镢头，将原先的整块铁片改造成了三根杈，这样能够避免对地瓜的误伤，从而尽可能地保证地瓜外观的完好。很多时候，乡下人对于粮食的珍视程度甚至超过了自己的孩子。就像父亲可以放任我们几个孩子在地里疯跑，被藤条绊倒，满身灰尘，却不能容许一个出土的地瓜受到半点擦伤。

刨地瓜是一件技术活。小孩子没有资格插手，但是每个孩子都对着那把高高扬起的镢头暗自神往。那个时候，地瓜金贵，是土里的黄金。这样的神圣工作一般由男劳力来完成。刨地瓜的过程像极了开礼物盒。多年后我带着儿子站在商场里一个华丽的盲盒柜前，扫一下二维码，儿子就会选中自己喜欢的盒子并点击，"哐啷"一声，柜子底下就会掉落一个盒子，儿子惊叫着打开，满是未知的惊喜。每当这个时候，我总是会想起小时候那些被埋藏在土地里的惊喜。你不知道一镢头下去，刨出来的会是怎样的数量、形状和大小；你也不知道，这里的土地会联合瓜秧，回馈给你怎样的波澜。那些被土块沉甸甸包裹着的地瓜，在天光大开之前秘而不宣，它们在黑暗中慢慢发酵，让自己一点点地膨胀起来，结实起来，收集风声雨声雷声，再凝结成最后那点高密度的甜。膨胀的过程需要掌握好火候，膨胀得慢了就会颜面扫地，长得太着急了又会破相，肚子上裂出一道道疤痕。这样的火候拿捏与取舍，会在秋收时刻一一真相大白。

我们紧跟在父亲的身后，目光跟着父亲的镢头起落，惊呼着扑上去。我们家刨地瓜一直保留着一个传统节目，就是选出每年的地瓜王。我和弟弟在父母亲的屁股后面寸步不离，掂量着每一个地瓜的大小。胜负的砝码紧握在自己手中，这极其考验我们的智慧。

后来我偶然在一份中学生读物上读到了苏格拉底教育自己学生的故事，这个睿智的老人，让自己的学生们从果园里走一遭，并且只能摘一个自己认为最大的果子出来。走到尽头后，每个学生都对自己的选择不甚满意。有人遗憾自己错过了更大的果子，有人懊恼自己决断得太早。而同样的心路历程，在两千多年后鲁东南山区的地瓜田里，仍旧被几个满身黄土的孩子粗糙地演绎着。

这是与地瓜相关的所有工序里面，最让我们神往的一道。那些从父亲的镢头下面滚出来的地瓜，最大限度地满足了物资匮乏时期我们亟需扩展的想象力。造化钟神秀，这些形态各异的块根，不遗余力地与我们产生了某种默契：有长鼻子的老鼠，有戴眼镜的猫，有奶奶家的那盘石磨，还有安徒生童话中那个拧着鼻子的老巫婆。幸运的话，如果一块地瓜正好长在两个断面整齐的石头中间，它的肚子就会长成薄薄的一片，弟弟说那像他在二大爷家里见过的一种健身哑铃……每当这时候，阳光就会很暖，风也不紧不慢地吹。那些新翻出来的湿漉漉的泥土，在太阳和风的轻拂下，很快地干透了身子。我们要先把这层晒干的泥土擦干净，露出地瓜鲜艳的红色外皮，然后堆放在一起。母亲总会喊：慢点扔，别磕坏了。

它们紧紧地靠在了一起。这些曾经遥遥相望的手足们，终于肩并肩密密地挨着。这样的亲密时刻，弥足珍贵。天地之间，只有这一堆堆山丘一样的块根，在这个时刻，以一种最接近天空的方式，互诉衷肠，互道珍重。

　　你见过那种明晃晃的铡刀吗？它可以高速地为十几个地瓜上刑，干脆利落，毫不手软。

　　这样的铡刀，已经许久没有出现在新世纪秋收的舞台上了。几年前我曾经在本地一个农具展览馆里看到过它。一个圆形的铡面，上面对称地分布着两个刀口。铡面上的木质已经蒙尘老化，然而那两片长条状的铡刀，仍旧寒光四射。这是被多少地瓜的汁液喂养过的刀口，能够在刀光剑影之下，以迅雷不及掩耳之势，将地瓜厚薄均匀地切成一片片白亮亮的地瓜皮。

　　多年前我们就是这样分工合作，将这口铡刀绑在一辆独轮车上，推着这辆车依次碾过一整片土地。铡刀的背面有一个木质摇把，切地瓜时只需要用力转动这个摇把，就会有源源不断的地瓜皮混合着乳白色的浆液，从铡刀口背面倾泻而出。这条白色瀑布倾斜的速度与力度，完全由控制摇把的那只手来决定。

　　有几亩地的地瓜等待着这只手的统御。循环往复的机械劳动，完完全全地抵消掉了劳动的美感。投入铡口的地瓜大小不一，它们像一个个勇士，前仆后继，抱着必死的信念，想要在几次挤压与受刑后玉汝于成，涅槃重生。如果碰到个头小的，只需要在铡刀下滚过几圈，就把自己滚成了薄薄的几片。碰到个头大、力气足的，这就变成了一次力量的抗衡。那只手会青筋暴起，锋芒毕露，向着一个切口反复地冲击、倾轧，让那个负隅顽抗的大个头，最终折戟沉沙。

　　经过了几道工序，这些刚刚从土里翻身的肉身，暴露出自己的五脏六腑，又被铡刀逼出了内心的白，以更加赤裸与坦诚的姿势，再一次跟土地亲密接触。

但凡见过秋收时刻晒地瓜皮景象的人们，一定会为这一片片浩浩荡荡的白色海洋而振奋，而赞叹，而心波荡漾。整片大地都是安定的，没有丝毫风浪。女人们会双手抄起一堆堆刚刚切好的地瓜皮，以自身为原点，向四周抛撒。这样的劳作极具艺术性和观赏价值，她们用手默契地配合着那一片白，散落成扇形或圆形，均匀，规整，姿态优美。她们像一个个撑着船的水手，一点一点地扬起白帆，这个过程是缓慢而有力的。这时候风就来了，浪也翻滚起来了，白浪滔天。天气好的时候，远远地你还会看到那些由地面蒸腾而上的水汽，将整片海洋氤氲在如梦如幻的雾气中。

收地瓜皮则全看天气，那时候村里有锣。晚上下雨了就开始敲锣，全村齐上阵，在暗夜里靠一双手完成这场黑暗中的战役。双手与土地经过千万次的密切接触，产生了这种默契，我们在黑暗中就能够自动给地瓜皮分类：这个已经干透了，这个水分还太大。

每个人的前面都有两个筐。一个装着已经晒干的地瓜皮。获得了这种身份的地瓜皮，就可以直接入袋、归仓。而另一个筐里，装着还未完全交出水分的地瓜皮，它们还没来得及成全自己，因为土块或者同伴的遮挡，它们还保有一颗鲜嫩多汁的心。这样的分类务必心思缜密地完成，以防那些未干的地瓜皮混到封闭的尼龙袋里，用自己的水分沤烂其余的一片，殃及无辜。

这时候地里就只剩下手指和土块碰撞的声音，手指和地瓜片碰撞的声音，以及地瓜皮和地瓜皮碰撞的声音。

地瓜皮是紧贴着地面的，这对人们也提出了更高的要求。这时候的庄稼人就变成了另外一种生物。他们齐齐地蹲在地上，双手和双脚紧紧并拢，双脚负责紧跟双手的节奏，慢慢向前移动，绝不拖泥带水。这是一场声势浩大的运动。这是庄稼人与土地的沉默契约。

同样的工作在白天则会变得悠闲很多。只要干透了，只要没有雨，庄稼人不怕地瓜在地里待的时间更长一些，有的是时间跟它们耗着。这是一年中从土地里打捞上来的最后一份战利品，他们愿意放慢收获的脚步。

还有一些铁石心肠的地瓜，靠自己却根本熬不过一个冬天。

这个时候就需要地瓜窖上场了。

在我们村西坡的地头上，立着许多高高凸起的水泥台。水泥台围成方形或者圆形，以不动声色的外形，围剿着地下七八米深处的寒气。这些呈 L 形走向的地瓜窖，从土地的浅表一路拐进土地深处，然后在 L 形的尾部，扩充高度和宽度，一个像模像样的地瓜窖就完成了。接下来，这些蕴藏着高密度甜味的根块，将会在这个时间和空间的胶囊中，完成甜度的最终提纯。

挖地窖是个大工程。全家老少齐上阵，铁锹、镢头、凿子一并用上。这是象征着一个家庭生命力的浩大工事，通常要跨越整个冬闲时节。男人在这块土地上开掘，一米、两米……寒风呼啸的时候，一滴汗摔进土里砸出坑来。风还在吹，这时候已经吹不到男人的头顶；汗还在落，一滴汗落下去的时候还要跟纷纷扬扬的尘土同归于尽，它们将深入这块土地，生平第一次见识到脚下土地最深处的纹理和温度。挖到最深处的时候，在窖上面的女人会垂下一根近十米长的绳子，绳子两端都打好结，等女人手里的绳子只剩下一个结，男人在下面喊"握住了"，工事就到尾声了。这时候北风也吹够了吹累了，刚刚调转了身子，春天就来了。

那些刚刚见识了这个世界的红色根块，就是在这样的地窖中完成身份的转换的。经过一个冬天的历练，来年春天，它们就会摇身一变，成为繁衍下一代地瓜的起点。这个时候，我总会想起武侠剧中那些闭关修炼的绝世高手。他们要把自己与世隔绝，自我修炼，自我助益，在紧要关头自我激励和鞭策。那扇门开启之前，没有人能猜透里面的剧情。他们在密室里痛彻心扉或者肝肠寸断，侠骨柔情或者百炼成钢，我们一无所知。出关之日，那扇门隆重地开启，这个时候就会有慢镜头，看着那扇厚重的石门缓缓移动，绝世高手从衣衫微露到天光乍开。这时候，所有的剧情谜底都被揭开了。

也有一些地瓜不成器，熬不过冬天，就从内而外地腐烂了。在功成之前，它自己先走火入魔了。而那些顺利出关的地瓜们，我们则会给予它们更隆重的称呼：地瓜老母。从别的老母身上脱离，再成为另一个轮回的老母，只需要熬过一个寒冬。细细想来，世间很多事物的成败，大抵也都是遵循着同样的道理。

春来的时候，母亲就要打开窖口的封盖，划亮一根火柴，扔下去。火柴在胆战心惊中翻过十几个跟头，有一些没有见底就已经熄灭了。必要的时候，母亲要用火柴点燃一把捆好的柴草，再次扔下去。这些柴草气势汹汹，它们紧紧抱成一团，以不达目的誓不罢休的决心，一路呼啸着跌入黑暗。母亲仔细观察着火焰的燃烧情况：如果火焰落地后仍旧在烧，人就可以放心大胆地下窖；如果火焰落地后瞬间熄灭，母亲就会在窖口坐上一会儿，等待窖内外的气流充分交换。

在我们村，从村子一路往西，跨过一条河，爬上一道坡，就能看到一片片这样的地瓜窖。它们的开口矮墩墩地趴在土地上，匍匐着，尽量用低到尘埃里的姿势掩藏自己。很多时候，它们更像是烟囱的反义词。你看村庄里那些高耸的烟囱，它们站在屋顶上面，比屋顶还要高，这还不够，它们还得让炊烟继续助长自己的声势，顺着风向，往东边开拓，往西边开拓，往南边开拓，往北边开拓。它们让自己爬过树梢，直至统御一整个村子才肯罢休。与这些极具张扬性的烟囱相比，地瓜窖算得上虚怀若谷了。是的，除了虚怀若谷，我想不到更恰当的词语来描述它们在这片土地上的姿态。

我对地瓜窖这样肤浅的认识一直保留了许多年。它们掏空自己，它们掩藏自己，它们吞纳寒气暑气，它们是甜蜜的通道。直到一桩本地新闻震惊了整个村子，包括我，我才开始明白，虚怀若谷的同时，它也包藏宇宙祸心。

早先，村子里还没有代步工具，一对新婚夫妇步行去赶集，途中在一个地瓜窖的水泥台上休息。一不小心，新婚妻子的耳环掉进了窖里。新郎自告奋勇下去捡耳环，几个箭步落入黑暗后再也没有了声息。新娘呼唤了几声没回应，便脱下红色高跟鞋也跟了下去。赶集的人们注意到了摆在窖口的那双鞋，继而发现了窒息而亡的夫妇。

这口酝酿着甜蜜的地瓜窖，原来也一直在觊觎着甜蜜。随着从它的身体里掏出的甜越来越多，它也要开始吞进去更多的甜。这样的无私奉献与霸道攫取，在同一个时间与空间的隧道中对峙。我因此也开始陷入了一种人生中最朦胧的价值判断之中——那些给予我们的，同时也可能剥夺我们。

那段时间，在我辗转反侧的梦境中，那一口口地瓜窖就像一个个黑洞洞的眼睛，从幽暗的地底凝视着我，然后让我迅速跌落下去。我感到自己下坠的失重状态，像母亲手里那根微光摇曳的火柴，又像那捆并未扎紧的柴草。更多的时候，我在梦里望向青天，看着那个洞口越来越小、越来越远，一股快要被淹没的窒息感一拥而上，然后就有一只红色的高跟鞋砸下来，我大口喘息着在清晨醒来。

不远处的大地之上，那些空空的地瓜窖，幽深似浩渺的星空。

父亲的三轮车翻在沟里的时候，一车斗的地瓜四散天涯。

那时候，父亲刚刚买了村里第一辆农用三轮车。农闲的时候用来拉活挣钱，农忙的时候更是派上大用场。正值血气方刚的盛年的父亲，那时候觉得自己无所不能，那辆三轮车更强有力地为他佐证了这一点。翻车事件就是在这样的背景下发生的。

刚下过雨，到地头的土路被冲得破败不堪。车斗里装满了丰收的地瓜，父亲一路驾驶着三轮车过关斩将。在一处被雨水冲垮的路面上，路一侧就是一条几米深的土沟。我跟弟弟坐在三轮车的副驾驶位，跟着三轮车左右摇晃。那些让我揪心与恐惧的狭窄与凹陷，都被父亲轻松化解。我碰到父亲肩头的时候就会抬眼看他，我的高大帅气、无所不能的父亲。车子就是在这个时候倾斜的，轮胎顺着路面右侧的凹面滑下去，一直滑进了几米深的土沟里。

父亲把我和弟弟从车窗里拉出来。一直跟在车后面的母亲冲我喊，快去叫人。我背着弟弟向村子里走，一路走一路喊，喊了几声天就黑了。那时候人们都回自己村子休息了，我在坡上就能看到家家户户的朦胧灯光。他们正坐在电灯下弹土、唠嗑，他们看不见一个九岁的小女孩背着四岁的弟弟在喊，他们也看不见一辆装满地瓜的车翻在沟里。弟弟开始哭，我说：弟弟别哭了，我们找到人就可以把车子抬出来了。终于喊到一个赶着回家的本村大伯。那时候，人的力气还不值钱，时间也不值钱。他骑着自行车说：你先回去，我去村里叫人。

我跟弟弟就蹲在坡上等。我不敢回去，我怕回去了他们找不到地方，我更怕他们蹲在油灯晃动的饭桌上不再回来。

天上星星已经很亮了，我看到黑暗中有几个村里人从路的另一头走来。他们的身上一律扛着工具，那些带着长长的木把手的工具，之前在地里翻出过泥土、花生、豆虫，也翻出过一家人生计的农具，现在成为黑暗中他们身体上旁逸斜出的部分。他们要用这些农具，帮助我们跟一辆三轮车较量一番。

我背着弟弟，一路领着他们走到地头。弟弟已经哭累了，他在我的背上昏昏欲睡。远远的我就看到三轮车的两个前照灯射出夺目的光，像两把剑斜插着刺向幽远的夜空。父亲和母亲已经把四散的地瓜重新捡回来。我看着这些大人们一起铲土、垫石头，一起喊口号，一起用力。我觉得他们挖了好久也抬了好久，最终三轮车奇迹般地稳稳落地。父亲跟乡亲们点头，挥手，致谢。父亲又坐上了驾驶室，我仍旧抢着坐到副驾驶位，母亲抱着已经睡着的弟弟坐在后座。我的无所不能的父亲，载着我们一家人，载着一车地瓜，摇摇晃晃地回家去。

磨面机开到了我家门口，但出车的父亲还是没有回来。我参与过地瓜从地里到家里之前的所有工序，唯独这最后一道我很少参与。与前几道工序相比，这是一项需要极好体力和耐力的活计。

母亲在头上扎了条红色头巾，又甩给我一条，她示意我照着她的样子扎起来。这样，母亲就取代了原先父亲的角色，而我得完成母亲的部分。我忙着把一堆堆地瓜皮装进袋子，再由母亲扛到机器前面交给师傅。这是一种争分夺秒的工作，没有人催你，但是机器隆隆的震动声让你不敢怠慢手上的动作。在半个小时的轰鸣和震动中，母亲大声地催促。她的声音要盖过机器的声音才能够准确无误地传到我的耳朵里，命令我也像机器一样完成她的那些指令：先装左边的；不用太满；举起来给我，别放地上；动作麻利点等机器的轰鸣和振动终于在一片烟尘四起中静止下来，我的身体仍然处于一种持续的高强度的振动之中。我的嘴巴和鼻子里，全部都是混合了泥土灰尘和地瓜粉尘的黏稠物，它们堵塞着我的呼吸通道，让我一个劲地咳嗽，呛得眼睛里一片模糊。

在泪眼蒙眬中，我看向母亲。她似乎比我淡定得多，她不咳也不呛，低着头忙着收拾战场。她把一袋袋的地瓜面从外面搬进屋里。刚刚能搬得动一袋地瓜皮的母亲，现在已经搬不动一袋地瓜面。她膝盖前倾，顶住袋子，连拉带拽地缓慢移动着这些一百多斤的重物。我想上去帮忙，母亲冲我挥挥手说，去洗洗吧。我看到她的膝盖上，抵在袋子上的部分，沾上了一片灰蒙蒙的粉末。

这些质地细密的粉末，最终将在母亲断断续续的咳嗽声中，变成我们餐桌上的煎饼、甜香浓稠的粥，以及鸡鸭鹅犬的饲料。大地之上，那些一一丰盈起来的事物，也都遵循着这样普遍而单纯的道理，在一次次时间的熬煮中，变稠变甜。

老树生花

每到春天，在这个北方小城的角角落落，在城阳街道老屋的尽头，在何家亭子荒弃的废园，在柳清河畔，在文心广场，我都要用仰视和注目完成自己对于春天的特殊仪式。我愿意谦卑地、沉默地、长久地凝视着，看一棵老树如何用一树花开，让春有了春色，风有了风姿。

那树干是嶙峋的，像骨头，像经年的帆，像久洗的粗布，像沟壑纵横的山峦，也像饱经风霜的皱纹。而那花，纤尘不染，是伤口，是心跳，是自己的太阳，是飘扬的旗帜。

有些老树的花是零零星星的，只在树干的紧要位置开出几朵，那种孤零零的美却不失半点分量，反而因为其稀少，更显其沉甸甸的生命力；有些老树则要放肆得多，奉献给我们一场浩浩荡荡的花事，我们因此更惊异于老树胸膛里吐出来的火热的心跳。

诗人说：春天行走，勿拣人多的去处，人多处，春常浓过头，容易馊掉。何尝不是呢？然而老树的花绝对不会有这样的担忧，丰满的年轮和厚实的枝干，经受得起任何锦绣的花事，绝不会有半点浓过头。

如果是一棵年轻的树，她的树干光滑油亮，透着往后经年里生长的劲力，她开出的花，只会被我们认为是理所当然的。然而，我们看不透一棵老树，皲裂的树皮和盘旋的树干小心翼翼地掩盖了老树的秘密和心事，这样欲盖弥彰的生命实验，却无形中增加了老树生花的美学分量。

她只是千万株开花的树中的一棵，但也是唯一的一棵。

这是一棵老树，在每一个春天，用积攒了一个冬天的呼吸和心跳，用沉睡了一个冬天的梦，对自己生命的献礼，对春天庄严宣誓。老树新花，像白发苍苍的佝偻老者有着一张婴儿的面庞，像一段粗布上有丝线织成的锦绣。我们甚至不需要深入地解读，这个画面本身，就是一则生命的寓言。

看一棵老树生花，我们看的是什么？仅仅是视觉冲击力带来的感官体验？仅仅是当我们仰望她的一树烂漫时发出的那声感叹？

她明亮的色调与老树的枝干形成了鲜明的对比和冲击。这种对比和冲击，不会只限于视觉上的，更是心灵深处摄人魂魄的绝唱。

我们乐见这样的冲突，这样用自己的生命实验给我们以心灵震撼、生存考验的冲突，以及由此而生的不可思议的惊喜和无限的可能性。如同她从不曾错过之前的每一个春天一样，她同样不会错过之后的每一个春天。那一树绚烂的花，让我们有理由相信这一点。

被老树梦了成百上千年的古调，一夜之间交付给今朝的一树花开。那树花，是老树对花的誓言，是老树满怀一颗赤子之心对大地的献礼，对长空的慰藉。

这本就值得歌颂。

一身粗糙，皮肤皲裂，饱经风霜，像每一个经历了世事沧桑的人。

然而又有几个人能够模仿她的另一种姿态，在伤口处开出纤尘不染、纯净无瑕的花？

她也许曾经被杀伐，被剥夺，被侵占，也被漠视，然而永远不会被征服。否则，怎么能够一年一年吐出如此纯粹的心跳？

也正因为这一树花开，一棵老树的过去和将来，才能够被凝视，被仰望，被捍卫。

老树生花，这姿态为自己的下一个年轮提供了可能性，让我们用一年的光景翘首以盼，期盼着在下一个春天里，再次邂逅她吐出的心。

老树生花，这静默与冲突，是春天里最精致的那一帧。

老树生花，是一首诗，是一幅画，是一支曲子，也是一面镜子。有人取她"老树新枝"又一春的诗意，有人唱着"愿你出走半生，归来仍是少年"的调子，有人握紧了自己枯干的骨头。

老树对自己的前半生守口如瓶，只有花明了她的心事。等一树花落，老树也就准备好了在人间四季里闯荡一趟的姿态。众生都想摆脱独来独往的宿命，偏偏老树要在独来独往中安然自得。那终将是孤独的一趟，但注定不会是寂寞的一趟。

与一棵老树对视时，一瓣花就看穿了我柔软的心事，窥见了我遮遮掩掩的灵魂；与一棵老树对视时，我心底的渴望、欲求与呼唤，都化作了腐朽的塔，轰然倒下。她让我真正变成了一个热爱生活的人。

只有在这时，我才感觉自己的感动是真实的。这种真实不带任何附加信息，不掺杂任何赘余的情感。我可以不用去想今天的任务单、这个月的工资条、下个月的房贷，看一棵老树生花，将我还原成一个真实的人，一个无欲无求的人，一个剥离了社会身份的纯粹的人。在她面前，任何繁芜丛杂的社会身份都是多余的、苍白的、惹人嘲笑的。

我们终将被人间琐事湮没，也终将如草木般度过一生。然而有些草木，却可以点亮我们草木般的一生。

每每站在一棵生花的老树下，我都感到自己亏欠了这个季节太多。我同时感到，自己连同整个人间，太过渺小。

厨间烟火

一切还要从那一缕幽幽之火写起。

那是距离我们百万年时空的一团火。它穿透百万年的壁障，如一把锋芒初露的长矛，以力不可挡之势，向我们奔袭而来。

在远古人类生活的遗址上，当蒙昧与洪荒已成为遥远的传说，当野蛮与芜秽已成为古老的记忆，祖先们在无意中发现的那束火光却留存了下来。那是人类自我觉醒的开始，是人类文明的滥觞与勾萌。

一团火为人类开辟了满足繁衍生息、传宗接代乃至口腹之欲的崭新大陆。后来的数万年里，人类将自身之于火的经验迁移并再创造，世界于是日渐变成了我们今天所看到的样貌。

现在，这团火光乘着从远古时代吹来的风声，照进了鲁东南山村一间间低矮昏暗的厨房。

我的众多男男女女、高矮胖瘦的祖先，全部都经由这团火光的温暖慰藉，在这片大地上获得了生的权利。在他们如野草那般坚韧的身体里面，那些火光的升腾与演绎最终化作了手中的力气，让他们面对这片土地和脚下的日子，不慌张，不妥协，不迷茫，不自惭形秽，不轻言放弃。他们在这片土地上生儿育女，春耕夏耘，功成名就，战功赫赫。

从那些低矮昏暗的厨房里，我们村子里走出了十几个木匠，六个裁缝，四个卡车司机，一个知名的骨科医生，还有数不清的壮劳力……他们各自身怀一套扎实的技艺，执着各自行当里的牛耳，演绎着从那团遥远的火光中溯源的人间素描。

长久以来，那些木匠为周围几十个村庄的新人们打制带着雕花的家具，他们善于在一块松木板上制造海浪，他们善于用榫卯技艺修补一个摇摇晃晃的家庭，他们善于将一块业已朽坏的木头化腐朽为神奇；那些裁缝维持着周围几十个村庄的体面，他们熟悉村子里几乎所有人的胸围、臀围、袖长和裤长，他们熟悉每一块的确良变成一件衬衣的针脚，他们能够将姐姐的旧裙子改制成妹妹的新上衣；那四个卡车司机带着全村人对外面世界的向往，安抚着每一条柏油路的脾气，他们将村子里的炊烟和狗吠带出去，又将外面的风声雨声喧嚣声带回来；而那个知名的骨科医生，听说他是大城市里众多医患家庭的救星，他的那双手早没有了村里人粗糙的纹理，变得细腻光滑，他将手术刀握在手上，那种游刃有余的灵巧程度远远超过了他祖祖辈辈驾驭一把铁锨时的样子；当然，还有那些数不清的壮劳力，他们将祖先们面朝黄土背朝天的老手艺迁移到外面的大小工地，他们挥汗如雨，他们皮肤黝黑，他们搬山搬水搬沙子，他们有的是力气去招架那些素未谋面的庞然大物……

细细盘点下来，还有更多的角色从一间间厨房出发，走向了更远的远方。而当我们的视线从远方的远方收回来，再次回到这个低矮的厨房，这时候尚是清晨。家家户户的女人们刚刚从睡梦中告别了自己的青春往事，她们系上围裙，或者干脆不需要围裙，走进了厨房。不论她们与厨房的关系是囚困、是妥协、是和解，还是自得其乐，这个独特而共性显著的动作，昭示了属于她们的一天的开始。

如果现世安稳、生活闲适，厨房会展现它乐观主义的一幕——那里是女人的修道场，也是治愈灵魂隐疾的良药。如果能够忽略我们煎炒烹炸过程中的诸多烦琐手续，忽略有一家几口的胃正对着我们手中的五谷杂粮虎视眈眈，只要躲进厨房里，生起一膛灶火，热油、下料、翻炒，那种诉诸视觉、听觉和味觉得慰藉之感就会如海浪般连绵涌来。

上等的厨房中隐藏着人间的大学问。它是统筹学与管理学的综合运用，更是艺术美学的集中体现。你得学会在起锅烧油的间隙里，在时间的平行轨道上另外开辟一个赛道：择菜、切葱花、剥蒜、擦拭砧板等油锅里面的油温恰到好处时，手上的一切也已经摆放停当。你得学会让一盘青菜在热油的煎炸下，混合香葱、鸡精、酱油和食用盐，让它在两分钟之内成就自己生命之巅峰。你得用文火煲一锅鲜美的母鸡汤，你得用中火炒一盘酱茄子，你得用武火爆炒一份花蛤。你得用天青色的瓷盘盛一份酸辣豆角，让豆角的翠绿激发出天青色中酝酿的烟雨。你还得用白瓷盘盛一份西红柿炒鸡蛋，让这最透彻的白与红与黄，相得益彰，相映成趣……

对于同样的食材，我们可以搭配不同的工序、火候、作料，让它呈现出不同的面貌。单就一块土豆而言，辅以砧板上的刀工，它可以变成土豆丝、土豆块、土豆条、土豆丁、土豆泥；再辅以火候与作料，酸辣土豆丝、红烧土豆块、炸薯条、肉末土豆丁、酱香土豆泥一字排开，色香味俱全的人间烟火雏形初现。

如果一个女人是个可以掌控全局的狠角色，那么厨房就是她挥斥方遒、指点江山的绝佳战场：你看她用快刀瞄准砧板上的猪肉，刀刀见底，干净利落，刀刃与砧板碰触的时间与力道都恰到好处；你看她在方寸之间辗转腾挪，腰部带动着手臂在灶台、砧板与调味区之间协调周旋，而双脚却自始至终稳如泰山，你知道她定是在修炼一门上乘的功夫，让她保持下盘稳扎稳打，中盘左右逢源，上盘行云流水。

厨房中的一切都是忠诚的。砧板忠诚于一把锋利的厨刀，并且根据厨刀落下来的力道选择最合适的面部表情。一勺花生油忠诚于炉膛里的火候，它能够清楚地分辨那些火候的脾气，并调整出自己与之完美匹配的温度：油温三四成，是温油；油温四五成，是温热油；油温七八成，为热油；油温九十成，温度达到275摄氏度左右，在它迅速攀升到自己燃点的那个临界点，迅速下食材，烈油爆炒，让油与火与菜，彼此灼烧，相互成全。

厨房当然属于女人，然而女人绝不能全部地属于厨房。

从一开始的理应如此，到后来的不得不如此，再到此去经年，一切都变成了自然要如此。一个女人被传统的伦理道德观念囿于逼仄的油盐酱醋之地，终其一生都被一个厨房分隔又重新拼凑在一起。

我至今仍然记得，多年前在诗人庄凌的诗中读到这样一位母亲时的触动。我愿意摘选其中的一部分如下：

父亲腰痛腿疾，常年窝在家中

喝酒浇愁，动不动就发脾气

高中毕业的母亲，追过蝴蝶的青春

如今习惯了在父亲的呵斥下默不作声

从地里回到家中，母亲来不及喘息

丢下手中的锄头镰刀又端起锅碗瓢盆

诗歌中这位无名无姓的母亲，被困在那个以厨房为隐喻的冬天。她嫁给了一个一病就是一生的男人。她在家庭之外像男人那样活着，耕田犁地，播种撒肥，堆土挑水；回到家庭之中，还得拾起女人的本分，三从四德，相夫教子，洒扫庭除，烹煮煎炒。而这位常年借酒浇愁发脾气的父亲，加剧了母亲这一悲剧形象的建构。这样的父亲俨然是母亲这一悲剧形象的始作俑者。

现在，让我们再次回到那间低矮的厨房。你看到在厨房的一角，向着光明的地方，一只蝴蝶被困于一枚茧中。你看她挣扎纠缠，然而她总能变成一只蝴蝶，离开那枚风雨飘摇的茧。

如果女人是这只破茧的蝴蝶，该多好。

自从 36 岁时患了糖尿病，母亲的生活半径就一直在缩小。

一开始，她还可以去地里干些农活。母亲原本是干农活的一把好手。种花生时，我们都是一人一垄，母亲一人两垄。她的身体以腰为支点，站在垄沟之间左右兼顾，花生种从她的手指缝中均匀地漏下来，正中事先戳好的窝里。等我们几个腰酸背痛地直起身来，母亲早已远远地甩开了我们，剩下我们望田兴叹。

等到这种被村里人称为富贵病的隐疾找上了母亲时，她已经不能够胜任长时间的田间劳作了。她会经常饿，一旦没能及时补充糖分，她就会浑身冒虚汗，四肢颤抖；然而她又不能摄入太多糖分，她得小心翼翼地权衡着进入胃里的那些食物——白米饭不能吃，精面馒头不能吃，经冬的地瓜不能吃……这么多年里，她都在这种病症对糖分的取舍与谋算中斤斤计较着。

最直观的结果就是，得病之后的母亲再去地里干活，每隔一段时间，她都得坐下来休息。这种疾病，悄悄地将母亲完整的力气撞碎，碎成一片一片。每次劳作，母亲只能从身体里面筛选出某一片。因此，面对脚下这片祖祖辈辈用完整的力气和汗水去征服、去打造的天地，母亲显得束手无策。

与这种疾病对抗多年后，她从 36 岁变成了 50 岁，她的儿女从初中生变成了教师和工程师，她对付这种疾病的武器也从二甲双胍变成了胰岛素，而她可以活动的范围，也从黄土地退缩到了这个遮风挡雨的四合院。好在，在厨房里，母亲找到了她那点力气的用武之地。

每逢过节，都是母亲最忙碌的日子。我们姐弟带着各自的小家从天南海北赶回来，像一条条支流重新回归到一条大河的怀抱。这时候的母亲，将那些力气重新拼凑起来，厨房整日叮当作响。

她的刀工仍旧了得。菜刀与砧板碰触在一起，发出均匀地带着既定节奏感的撞击声，土豆表情紧张，油菜咬紧牙关，花椰菜尖叫着看自己被一块块分割得规矩又整齐。这时候灶膛下的玉米秸也正烧得尽兴。尽管新农村改造后村子里安装了天然气管道，然而母亲仍旧愿意用柴火做饭。她说，柴火最体贴庄户人，烧出来的饭要糯有糯，要筋道有筋道，如果有事情要赶，那就扔几块木柴到炉膛里，它会慢悠悠地烧着等你回来。

很多时候，我和弟妹会央求母亲歇一歇，把这片厨房的江山转交给我们打理。而母亲总是一副严厉的样子，像一个王守护着自己最后的江山。她将我们撵出那个烟熏火燎的厨房，自己重新回到烟雾中。我听着她断断续续的咳嗽声，隔着烟雾看见她模糊的身影，时而低下去，时而升起，时而隐入更深的烟雾中。那片烟雾竟让我莫名地感到心安。

母亲从厨房里，给我们变戏法一样地端出一盘盘喷香的菜肴。都是些农家几十年里都没有更新过的菜品——酱油炒土豆、猪肉炒辣椒、韭菜炒鸡蛋、煎黄鱼、蛋花汤，这些菜谱被一代代忙碌在厨房里的农家妇女们口耳相传，从旧社会的夯土房，到几十年前的木棚房，再到今天的砖瓦房。时代的车轮滚滚向前，风物革新，农具换代，一代代儿女像蒲公英的种子一般，一阵风便散落天涯海角，然而只有这些农家菜品，从原材料到烹饪工序，从未改变。一代代母亲谨守着祖祖辈辈钟情的那个配方，以一己之力保留着这些炊烟袅袅的村庄里最让人魂牵梦绕的味道。

对了，还有一点也从未改变——厨房里的母亲，总是羞于抒情表达的。生于斯、长于斯的朴素的农人们，面对这片土地，以及这片土地上需要他们去耕种、劳作和收获的部分，他们更多地回馈以力气、以汗水、以披星戴月的辛劳。而语言，恰恰是被遮蔽甚至被认为是多余的部分。他们深知，面对一片干旱的稻田，给予它们一场大水远比一句甜言蜜语更有效；他们深知，面对一片等待收割的麦田，给予它们镰刀的洗礼远胜过一阵发自肺腑的慨叹。长此以往，那些在肥皂剧中出现的关于抒情的句子，在这里成为稀缺品。

然而，他们不善于抒情不代表他们无法抒情。以厨房中的母亲为例，这么多年她羞于说出口的那些关怀、希冀、祝愿和关爱，都经由她手中的烟火与食物，顺理成章地充实进了我们的五脏六腑，让我们能够顶天立地地在这个世间生活、经历。

吃饭时间，母亲暂时歇下来。她现在才有时间坐在餐桌旁，好好打量自己的另一片江山——成为教师的女儿，工作勤恳卖力，不喊苦不喊累，谦逊有度，像一株长势喜人的水稻；成为工程师的儿子，头脑灵活，业务精湛，不浮躁不计较，像一株稳扎稳打的玉米……

鲁东南腹地的山村里，灶火再次生起来，炊烟袅袅。这些养育了一代代鲁东南儿女的人间烟火，将继续在一代代母亲的厨房里缭绕、升腾，晨昏复晨昏。

人间盛产烟火，烟火演绎人间。一个是温暖妥帖的抽象，一个是细致入微的具体；一个是广义的语义场，一个是狭义的生活场。而当这最美的两个意象拼凑在一起，另一个更具备生活美学意义的词语就产生了。

我村最后一位小脚老太太，她的耄耋之年，几乎全部都围绕着那间厨房度过。

92岁的年纪，将奶奶生活中的绝大部分风花雪月都偷走了。尤其在过去的几年里，它先偷走了跟她琴瑟和鸣近70年的爷爷，紧接着又偷走了奶奶笔直的腰杆。三叔这时候开始担心奶奶的身体，领养了她养的那群羊。再往后，奶奶的腿脚也开始拖住了日子的后腿，她越来越多地借由一根拐杖，去完成她暮年里的几乎全部行程。

剩下的事情就简单明了了。除了自己，奶奶现在一无挂碍。

因此奶奶想方设法在厨房中安慰自己。她熬粥，煮菜，炸她自己咬不动的肉丸子。因为腿脚不方便，她整日地蹲在那间跟她一样年纪的锅屋里。在奶奶的口中，那个低矮的土坯房子，从成家那天开始，就被叫作锅屋——这个鲁东南乡村很长时间里一直沿用的厨房的特殊称谓。在这一点上，我们整个家族中，无人敢撼动或者更改它的名字。

我们常常夸赞那些美得不可方物的人间女子，叫作"美得不食人间烟火"，这类被"人间烟火"所否定的女人，我们盛赞她们的容貌和气质，用这个句子来形容她们的单纯、出淤泥而不染、不为世俗的规矩或琐事所打扰。在这人间众多的物象之中，人们偏偏选择以她的远离厨房烟火来代指她的美。一个从厨房的此岸出走的女子，最终凭借人们的审美价值判断，走向了厨房的背面、诗意的彼岸。

现在，我的耄耋之年的奶奶，却义无反顾地走向了这类女子的反方向。她的老年生活，完完整整地诠释了"人间烟火"这四个字的含义。

她是整个人间的烟火，烟火是她的整个人间。

这便是事实的全部。"人间烟火"，这四个字中的大半部分，被女人在一间厨房里完成了。而这个美好的词语，这个原本必须经由烟熏火燎和柴米油盐才能够完成的词语，在被发明的那一瞬间，人们却本能地将烟火中那些咳嗽、眼泪、腰酸背痛、手忙脚乱以及牢骚声屏蔽了。

奶奶的"人间烟火"是一种美，女子们的"不食人间烟火"也是一种美。在这一点上，借由"人间"和"烟火"两个词语边界的广义性与内蕴的深刻性，一对相互作为对立面的词语，现在天衣无缝地并列在一起，它们彼此握手言和，相辅相成，珠联璧合。

当然，只要你愿意，以上文字中出现的所有主角，包括那个在节日厨房里忙碌的母亲，那个被围于厨房不能脱困的母亲，那个在厨房缝补自己耄耋之年衣衫的奶奶，以及那个幕天席地执掌一场婚礼酒席的大厨师傅，都可以将她们看作一种普遍意义上的指代。

请让我们再次阐述一下以上人物的重要意义——她们，是完成"人间烟火"这个动词的主语，是构成"人间烟火"这个生活美学场的主体角色，是将"人间烟火"这一千百万年间人类繁衍生息要义代代相传的执薪者。

野蛮生长

　　后来的许多年里，我开始忘记了生长，忘记了该像小时候站在荒野里那样，忘记了该像荒野里那些肆无忌惮的野草那样。

　　更多的时候，我都希望自己能是那棵旁逸斜出的柳树。太阳洒下多少光，我就享受多少光；天上洒下多少雨，我就吮吸多少雨。不要求更多，但也不会觉得太少。所有大自然给予我的，我都觉得刚刚好。

　　但是我不能像一棵长在庄稼地里的野草。我爸说，农人的庄稼地，只允许生长庄稼，而排斥庄稼之外的一切绿色；农人的心里，只允许有土地和农具，而排斥一切与粮食无关的爱好。这便是农人和诗人的区别。

　　那个时候，无论是在黑夜中还是在荒野里，我从未觉得自己是孤零零一个人。我的脚下有石头，手边有山风，村子里有炊烟，我的身后还有鸡鸣狗吠。

　　早晨一起床，手边就有着数不完的事情。有时候是一棵草的事情，有时候是一瓢水的事情，有时候是一个拴着母羊的树桩的事情。而那些事情，全都是关于我的事情。

我家有一群鸭，鸭子看似是我妈养的，其实都是我在养。放学的时候，我"啾啾啾"地赶着它们出栏，它们伸长脖子摇摇摆摆地往河边跑，争先恐后。

鸭子扑棱棱下水了，它们屁股后面那些时光就变成了我的。河水替我看护着它们。我在河边的柳树林里转，看中了其中一棵树。

准确地说，是一棵树苗。它在所有的树苗里面最笔挺、最亮丽。它独特的风姿吸引了我的脚。就像喜欢一个人不需要理由，喜欢一棵树继而踢上一脚也不需要理由。我的一脚，从此改变了这棵树苗的长势。

黄昏，跟我的鸭子一起回到家的，还有树苗的主人。她叉着腰找到我家，我只听得见鸭子们聒噪的嘎嘎声，还有我妈指着我骂"死丫头"。

我准备干一场轰轰烈烈的事情，就如同我改变了一棵柳树苗的长势。我悄悄关上门的时候，天上落下雨来。

我没有方向，但我知道走得离那扇门越远越好。那场雨淋过了我的童年，从黄昏一直到凌晨，然后刚好在我调转方向的脚下停住。我不知道它去过多少地方又为什么恰好停在我的脚下，这一切由不得我选择，这一切只是恰好选择了我。

等我围着村子转了好久，转得看不清炊烟听不见狗吠，转得那棵树苗以新的长势开始枝繁叶茂，我悄悄推开了那扇半掩的门。家里很静，屋里没有开灯，几只蛐蛐低唱。他们没有找我，一整天都有比找我更重要的事情要做。

在村庄，风把你吹成什么样，你就长成什么样；粮食把你喂成什么样，你就长成什么样。就像有些风选择了麦垛，有些风选择了我的脚步，还有些风选择推开那天晚上我家的老旧木门。它们选择了哪里，便是哪里。无从抱怨，也从不懊恼。就像它们之前的任何一次停留。

这一切，由不得你去选择，也不能够讨价还价。所有你能够接受的，都是刚刚好。

而我从不担心自己会被一场风刮跑，被一场雨淋湿，或者被我妈的一句"死丫头"骂哭。当然，我的确被风吹得很黑，被太阳晒得干瘪，在我妈的骂声中一点点长大。

初秋，当天空离大地越来越远的时候，我就跟一帮男孩子去偷花生。鲜花生带着清甜的粉红色外衣被我们鬼鬼祟祟地剥出来。不能太嫩，太嫩了花生太瘦，没有那股清甜；也不能太熟，太熟的花生仁和花生皮靠得紧密，剥起来费时费力。还有时候我们会烤青蛙，研究一只蟋蟀的内脏，或者活捉一只正在唱歌的蝉。

大多数时候我不喜欢跟女孩子玩。她们大多絮叨、麻烦，为一块橡皮纠缠不清。她们像我不喜欢她们一样不喜欢我。就像一场南来的风和一场东来的雨，相互拥抱却留不住对方。

有时候我不喜欢哪个人，就去他家门前，朝着矮矮的土墙里面扔石头，或者在他家剥落的墙壁上狠狠地写"××是大坏蛋"，然后跑开。多年以后，那些风不知刮到了哪里，那块土墙上的几个字还是清晰可见，刻在风里，吹进那个人的耳朵里。

我见过所有大自然倒映在村庄里的样子，村庄也见过所有我在它怀抱里逍遥的样子。做自己喜欢做的事情，不做不喜欢做的事情，这是村庄给予人们的最丰厚的馈赠。

人们干出的事情，都会留在大地上。水浇得多勤，庄稼就长得多旺；汗水流得多畅快，收成就有多饱满。掰过的玉米垂在屋顶，打过的谷堆蹲在地头，还有那些走过的路、挂念的人，全都落在土地里，生根发芽。

就像那棵被我踹过的树。多年以后，那些笔直参天的树都被砍掉，只剩下那些被火烧过的窟窿树、被刀砍过的疤瘌树，还有在一片树林里旁逸斜出的它。

我就是从那时候开始把一棵树的一生和一个人的一生联系在一起：一棵树成材了，对别人有了用处，就要牺牲自己的生命；一棵树被伤害过，面目全非，却顺理成章地保全了自己的性命。从小优渥的，被连根拔起；伤痕累累的，却仍然可以苟延残喘，苟且余生。

树却无法选择，它的一生只有向天空生长这一条路。这一切不是它的选择，它只有生长的初衷和被选择的命运。树选择生，却无法选择如何生，更无法选择怎样死。

多年以后我再回到家乡，我爸早已放下了手中的农具，握起刻刀，为一棵桂花剥皮，把一株枣树扭出虬曲的枝干，改变一枝海棠的长势，就像我当年改变那棵柳树苗的长势一样。得意的时候，他会抬起头来问我："你看这棵怎么样，丫头？"

那片树林里，笔直的柳树生长茂盛，那些被火烧刀砍、有黑窟窿的树却被卖出高价进了城。那棵歪脖树也还在，在一片参天绿柳中特立独行。

这仍旧不是它的选择。是那个一开始在风里野蛮生长的孩子，打扰了一棵树的一生。就像等我终于长大，不论是站在人群里，还是站在这棵树面前，都再也不能够野蛮生长。

　　如果不提及收获时候的辛劳与汗水，也不考虑沾满裤腿和袖管的冰凉露水，对于庄稼人而言，秋天算得上一场盛大的节日。一周左右的时间，大人和孩子，男人和女人，以丰收的名义被撒播到土地上，去参与一场关于粮食和日子的浩大节日，去解剖深藏在黄土地里的流金岁月。

　　在村庄，春天和秋天都是关于粮食的节日，而秋天相对于春天来说，又是收获的节日——春天里种下的玉米、大豆、高粱，秋天里便会收割。那一年春天有多忙碌，这一年秋天就有多忙碌。

　　在秋天，每一个词都显得成熟而饱满。譬如收获，譬如秋高气爽，譬如谷穗，譬如月亮和露水。

　　秋天总是金黄色的。天空金黄色，树叶金黄色，大地金黄色，大地上的日子金黄色。玉米也是金黄色，藏在微黄的叶子里面。庄稼人在这个秋天的任务，是把玉米从大自然的金黄色里剥下来，再按照人类编排的秩序重新堆成一堆金黄色。

玉米棵像大地上的哨兵，笔直严肃地挺立。不管这片地有多宽，我跟弟弟每人两行，父亲和母亲包揽剩下的宽度。为了提高效率，通常左右手一起开工，还要配合着踮起来的脚尖。干黄的玉米叶子又硬又糙，一不小心就被刮得火辣辣地疼。弟弟掰得满头大汗了就要从玉米棵子里钻出来，叉着腰瞭望。我问，多少了？弟弟答，还早呢。我再问，还剩多少？弟弟答，就快了。我们于是又干劲十足。

有时候我在前面，弟弟在后面。有时候我在后面，弟弟在前面。父亲母亲早把我们甩开了好远。在这密密麻麻的玉米地里，他们只管把我们流放到这片金黄色。父亲弯腰、起身，再弯腰、再起身。这个简单的动作经过成百上千次的重复后，父亲肩上的袋子里，就装满了把他压弯了腰的玉米。父亲一步一步稳稳地走在大地上，我和弟弟走在父亲瘦长的影子里。父亲从没有告诉过我们，这些活到底有多累。他脸上的汗珠我们看得见，裤腿上的露水我们看得见，挂在他头顶上的那轮月亮我们也看得见。

掰好的玉米带着厚厚的叶子堆放在院子中央，它们堆多久，大人们就要忙多久。把厚厚的叶窝撕掉，只剩下最里面三两片洁白柔软的叶子，整整齐齐地码在一起，一头是金灿灿的黄，一头是柔软的洁白。全部剥好后，三个一组编在一起，像编一个待嫁的姑娘，在金秋的光里，在金黄的收成里。

大人们在院子里沉默地忙碌，他们双脚站稳，手指翻飞，说笑的时间都没有；小孩子们在软绵绵的玉米叶上跑啊跳啊，把大人们来不及说的话和忙不迭展露的笑容，全部演绎了一遍。剥剩的玉米叶子，挑出干净柔软的存起来，等到西北风起了，整理成厚厚的一层塞进鞋子里，暖和而且防臭，是绝佳的纯天然鞋垫。

与玉米同时成熟的还有大豆。这些胖胖鼓鼓的黄色颗粒都是急脾气。倘若熟透了，倘若天晴得正好，倘若等不来庄稼人的长满茧子的手，它们就会噼里啪啦地炸在地里，任性又逍遥。

只消一个白天和黑夜的工夫，田野里的金黄色全被铺进了村子里，院子中央、屋顶上、村路两旁。

这时候，倘若谁家门前或者院中有一株柿子树，你会看到这样的画面：在一片金黄色的大地上，红色的绿色的头巾点缀其间，背景是一株柿子树，它的叶子已经落尽，只剩下褐色的皴裂的树皮，每一个褐色与褐色的褶皱里，都有一两点呼之欲出的金黄。来自四面八方的金黄色，最终把这幅画面小心翼翼地卷进了秋天的画轴。

春红、夏绿、秋黄、冬白，每个季节对特定颜色都有着情有独钟的喜好。恰恰是秋天选择了这淋漓尽致的黄色。淋漓尽致到假如换成其他任何一种颜色，都无法承载这收获的季节里如此丰盈又厚重的滋味。这本身就是一件极其微妙的事情。那些丰盈又厚重的滋味，是金黄色赋予秋天的，还是秋天赋予了金黄色的？

等这些金黄色全部堆到了垛里，收进了仓里，秋天就算过去了。

第二辑

旷野叙事

你一定还记得那些遥远记忆中彻底的黑暗。

那是一种纯粹的黑。我们似乎找不到任何一种其他的纯粹能与这种黑夜的纯粹作比照。如果有，我想，那应该是白到纯粹的雪。

没有月光的晚上，世界陷入一种安静的沉寂之中。所有的事物都回归到它们最初的位置：白天劳作的身体，现在躺在一张铺着草褥子的床上；白天用过的农具，现在倚靠在槐木门的后面；白天在河里浮起又沉没的鸭子，现在缩回窝中；白天那些被行人、吆喝和风搅起的尘埃，现在归入泥土。

面对那种绝对的黑，我们的所有感觉器官都缓慢关闭。我们的眼睛最先放弃抵抗，顺从这种浓郁的黑色，继而是我们的耳朵和嘴巴。视觉上的无助蔓延到了主宰我们声音的器官。黑暗让你不敢发出声响，也听不到任何声响。一切都是静默的，你仿佛置身于一个幽深的地窖之中，独自等待，独自发酵。

这时候，村子里的狗率先打破了这可怕的黑暗。它在窖中狂吠一声，瞬间，你的听觉重新觉醒，继而带动了你的视觉。那叫声是黑暗中浅层次的一种黑，在这幽深的地窖中，在浓郁的黑中划开了一道口子，带来了一线生机。紧接着，远远近近的狗吠声相互呼应，此起彼伏，像一块块石头击中了黑夜的湖面，那种浓郁的黑动荡起来，一浪又一浪地，袭击了你。

月明星稀的晚上，一部分黑暗在月光的紧逼下步步撤退，然而另一种黑暗却乘势袭来。那是从四面八方投射而来的暗影：杨树的高大稀疏的影子，墙头草的摇曳生姿的影子，以及那个被你踩在脚下且永不会舍你而去的影子。无一例外，夜色下的这些影子，都以它们最旁逸斜出、支离破碎或者迷蒙魅惑的形态袭击了你。暗夜中的世界展现出不为人知的一面，那是一个黑灰二色按照某种秘而不宣的规则结构而成的世界：青面獠牙的怪兽，长着瘦长指爪的猴子，李逵的络腮胡上斜插着那把生铁板斧，穿着兽皮衣的猎人，翅膀交织在一起挣扎的乌鸦……如果再有一场风来，那些在墙上和地上静默着潜伏着的魑魅魍魉倾巢而出，汹涌着向你袭来。这时你只剩下最后一种本能的反应——跑。你捂着耳朵跑，闭着眼睛跑，像有无数的妖魔鬼怪在你身后步步紧逼那样地跑，而你越跑那些妖魔鬼怪却追得你越加紧迫。黑暗中，你没有找到自己的救命稻草。那种被黑暗裹挟的滋味，类似于一次拼命挣扎却毫无获救希望的溺水。

这时候唯一的救赎，应该就是月亮，那个负责看守你和营救你的明亮的所在，那个无论你逃向何方，它终将与你保持不变距离的宫殿。"人间清暑殿，天上广寒宫。"许多年之后，你可以从初中地理课本上了解到，月亮是反射了太阳光，又不远38万千米的路途一路奔袭到地球，只为了照亮你。这远隔数年的科学知识，能否穿越时空，帮年幼无知的你驱散对黑夜的恐惧？

而那些夜晚挥散不去的影子，最终成为你童年版图上沟壑纵横的一块，像始终登攀而不至的月亮背面的环形山。

倘若你与同处于这个世界上的陌生的我，有什么彼此默契的情感体验，我想，那一定是黑夜。

有一些词语在词义上已经为一代代的人所固化。每一个从唇齿中读出这个发音的人，每一个哪怕在脑海里闪念过这个词语的人，都在冥冥中加速着这种固化。比如当我们提到"故乡"时的熨帖，比如当我们提到"死亡"时的惊慌，比如当我们提到"母亲"时的安稳，再比如当我们提到"黑夜"时的恐惧。

一提起黑夜，我们，由散落而面貌模糊的个体，聚而成为面目模糊、表情恐惧的群体。而一次次将我们从这种固化的恐惧中拯救出来的，是一只粗糙的手和那根被反复摸索的绳子。

我们从来不缺乏在黑暗中摸索灯绳的经验，那个被日夜摸索后变得油润光滑的棉麻材质的灯绳，变成了为我们打开整个世界的开关。

在黑暗中找寻通往光亮的路。而那条路的出口，明确、唯一、不容置疑，掌握在每一个母亲的手中。

无数个夜晚，我在一片黑暗中醒来。你得先让自己冷静几秒，从五光十色的梦境中回到现实，要比从现实中回到梦境困难得多。你的眼睛要慢慢地适应黑暗，这时候黑暗就会开始褪掉一点颜色。直到你的视觉、听觉都醒来了，你开始喊：妈，开灯。

同一个房间的另一张床上，你听到母亲朦胧中转动着身子，黑暗中她的一举一动完全可以预设：她强迫自己从梦境中撤退，伸出右手，在头顶的虚空中摸索。在那里，有一根静置了一整个晚上的灯绳在等着。

母亲摸索灯绳的过程总是缓慢而充满煎熬。那短短的几秒钟，彻底的黑暗让我窒息。童年让我混淆了想象与现实的边界，黑暗又给予了这种想象以冒充现实的把柄。墨一般浓重的黑色里，那张四条腿的桌子，是不是已经露出它带血的獠牙；那面绣着梅花的镜子，是不是已经张开了血盆大口；窗子上，有没有趴着几只阴森丑陋的马猴……在我与它们构成的世界中，它们在黑暗里蠢蠢欲动，以我为圆心，以母亲拉紧灯绳为倒计时的终点，向我围攻。

"啪嗒"一声，屋子亮了，黑夜撤退。那些在黑暗中撕扯变形的桌子、椅子、洗脸盆，那些在黑暗中张开血盆大口的镜子、衣服和鞋子，现在全部归位，尘埃落定。

多年以后，我读到诗人冯娜的一首《诗歌献给谁人》，在这首诗的结尾，她坦诚地解剖了一个读诗者的心理："一个读诗的人，误会着写作者的心意 / 他们在各自的黑暗中，摸索着世界的开关。"那个在黑暗中为我们拉紧灯绳的人，教会我们怎样在黑暗中摸索世界的开关。

母亲的手里掌握着拉灯绳的权力，那是黑暗中生杀予夺的权力，那只粗糙的手对于惧怕黑暗的我而言，就是免死金牌，是赦罪符。

后来，我看着母亲的手握住柴火、针线，都没有我想象她在黑暗中拉紧灯绳那样的充满安全感与神圣感。

在乡间，无数个孩子诞生于无数个夜晚。那些被黑夜遮掩的无尽欲望，终于能够尽情释放与发泄。祖先的鼻息、家族的记忆、血脉的传承，都仰赖着一个又一个相似的夜晚。

那些白天需要遮遮掩掩的情欲，在夜色中无限放大，倒退回最原始的欲望。于是，无数个我们出生，无数个我们成长，无数个我们在大地之上繁衍生息，以个体生命的延续实现着群体的世代长存。

如果白天代表理智与社会性，那么黑夜便代表冲动与动物性。黑夜让我们更加清醒地认识到自己的来处。夜色中我们的羞涩薄如蝉翼，我们是赤裸自己向着祖先致意的兽。当我们蜕掉了自己的衣物，我们与那个从山洞中站立起来的祖先别无二致。我们在欲望中挣扎喘息，我们在冲动中纠缠冲突，我们彼此压榨，我们也彼此给予。

太过遥远的事情我们无力构想，我们只能在这个深沉的宇宙宫殿之中，出生、成长、经历。

我们从无数个具体的黑夜中走来，又终将走进无数个具体的黑夜里。然而这样的夜晚也并不决然地带来黑暗，这个孕育我们的巨大的子宫，缔造我们，容纳我们，看透我们，是否最终也会将我们毁灭？黑夜在隐藏罪恶的同时，是不是也同时放大了欲望？一定还有另外的部分在黑夜中发生，逃过光天化日下民规乡俗的围追堵截，躲开道德教化的训导与框定。黑夜一旦降临，如同潘多拉魔盒被打开，那些道德律令便在一片黑暗的叫嚣声中知难而退。

黑夜，这嫉妒与罪恶的子宫，这欲望与纠缠的温床，以自己的原始冲动制造着万劫不复的欲望的渊薮。它将夜色无声的波纹与浪涛中诞下的那些带着暗色阴影的事物，统统抛给了白昼。

于是，我们看到，从二老汉的那间土坯房撤离的男劳力们，带着一宿的红眼圈和烟袋油子味，回到家里倒头便睡；那个生下老三后仍旧泡在冰冷的水井中讨生活的老王媳妇，被月子病折磨得彻夜难眠，最终倒在了火苗微红的灶台前；为了东坡那二分肥地，一向脾气温和的三德叔决计要去邻居家里讨个说法，并最终将那只高高举起的镢头砸在了邻居肩上……

我仍旧记得那个熄灭在村东大路上的女人。那时候她已经是 5 个孩子的母亲。一次次地负重，她苍老的子宫已经无法提供孕育新生命的温床。无数个夜晚，她在黑暗中被迫接受、忍耐；又在无数个白天，一个人承受着习惯性流产给身体带来的刺痛。最终，在从医院走回家的路上，她干瘪如谷壳的子宫榨干了她全部生命的水分。这个原本在身体里流淌着稻黍稷麦的女人，现在单纯地流血。那些血浸透了马路旁的沙土，像大地上的一块干结的疤。对于这个不幸的女人，村里的其他女人并没有感同身受，她们闪烁其词地谈论着，却不提及她的名字，仿佛她的名字让女人们蒙羞。无人谴责那个男人，他在一个女人身上犯下的所有过错，被夜色遮掩得密不透风。然后他将女人从夜色中推向白昼，让一个女人替他承受这欲望的惩罚。那么，这算不算是一个男人与黑夜的合谋？

女人死去之后的 20 年里，她的 5 个子女相继结婚生子，让她身体中的一部分血液，以另一种形式延续了下来。

那些人们一无所知的部分，那些暗流涌动的部分，都隐入了重重黑暗，似人间一场大雾。它遮蔽一切同时又庇护一切，模糊了黑夜与白昼的界限，时刻以重重迷城提醒着人们，生而为人的卑微、柔弱与无常。

那些传说与故事，也总是与黑夜脱不了干系。不知道是这样的故事只能发生在黑夜，还是说故事的人有意将故事的背景设定在黑夜之中。事实铁证如山，在一代代讲故事的人口中流传下来的那些故事，的确起到了它应有的不寒而栗又让人欲罢不能的效果。

故事起源于村东头那个晒粮的麦场。那里草垛温暖，那里河流侧身而过，那里有一群老人，正将故事的闸门缓缓打开。

老人的打扮都是一样的：油毡帽，粗布棉袄，腰间系着一条布带子，青布棉裤，再配上一个烟袋锅子。他们斜倚在冬天的玉米秸柴垛上，阳光正好打在他们脸上。他们眯着眼，抽一口旱烟，再吐出一个烟圈，那些黑夜中的故事接连上演。

说的是，一个年轻人晚上点着油灯苦读，院子里哭一声，又哭一声。年轻人出门查看，院子里空无一人，而那哭声又从屋子里传来。男子更是疑惑，刚要抬脚进屋，油灯忽闪两下熄灭了，接着蹿出一只尖嘴长尾的兽，夺门呼啸而去。

说的是，一个醉酒的男人赶集回来，路过一个村子，村子里一老汉邀他去家里接着喝，喝到兴头上还给了他一把韭菜。男人提着韭菜回家，天亮后发现，床头上是一卷黄纸。

说的是，一个男人晚上去老娘家送饺子，路上碰到了老娘也正往自己家赶，于是男人顺手把饺子送给了老娘，让她自己回家吃。第二天，男人却在西坡坟头上看见了昨晚的那盘饺子。

说的是，一个年轻人夜晚赶路，月光下看见山路的前面有一个长发姑娘背对着他，等年轻人走近了再看，长发姑娘转过身来，头还是背对着他。年轻人吓得扭头就往家跑，回家后大病一场。

这些在黑暗中滥觞的故事，浸染着我的童年时光。让我在那段人生中蒙昧与混沌的日子里，一夜一夜地与故事中黑暗的部分、阴影的部分，反复纠缠、磨合，腹背生寒。

读大学时，我第一次离开生活了十几年的村镇。买那种最便宜的绿皮火车票，要在车厢里穿过整个黑夜。那是我第一次以一个局外人的方式观察这个真实又陌生的世界。

火车穿过村庄。晚上 9 点钟的村子，并不是我直接经验中的漆黑一片，仍旧有一两盏昏黄的灯光隐约晃动，穿透夜的黑。只要还有灯亮着，村子就没有全部陷入沉睡，那种溺水般袭击一个孩子的黑暗就不会完完整整地降临。我为这些孩子感到庆幸。

火车继续前行，穿过一片片黑黢黢的野地。原来即便是在没有月亮的夜里，即便是一片我从未涉足过的陌生的土地，我也能够分辨出哪些是树丛，哪些是庄稼地。树丛以浓黑而高大的轮廓将自己从黑夜的浸渍中分离出来，庄稼以自己厚重又朦胧的晕染成为黑夜辽阔的远景。比庄稼地更远的远处，依稀有几盏星星点点的灯，在急速飞驰的火车与树丛的罅隙间，忽明忽暗，那是黑夜从指缝间漏出的一点暖。原来即便是黑夜，也有着立体而不同层次的黑。黑夜原来更像一层层高矮质地各不相同的抽屉，你抽开的每一层，都有它分明的别样的黑。

火车在黑夜中如一头刺破黑暗的兽，匍匐在曲折盘旋的大地筋骨之上。前方，一片璀璨，远远近近，高高低低，黄的红的绿的灯，那些高度和光泽感超越了我认知海拔的灯。当地理课本上的"不夜城"与现实中的灯光完美重合时，我真切地意识到自己已经离开家乡小镇太远。这是另一种生活方式，这是日日夜夜生活在光亮之下的城市，这里生活着没有黑夜的人们。我看到霓虹灯的店面招牌，看到一棵树都要被光束纠缠着包围，看到那些高高的楼宇，像奶奶烧火时要抽出火柴的火柴盒，只要朝着黑暗擦一下，便灯火通明。而我坐在车厢里靠窗的位置，用尽全力将自己从漆黑的夜色运送进一片光亮之中。

我攀着车窗，那些灯火从我惊奇而懵懂的瞳孔中一闪而过。列车的速度让那些灯火变成一条条光带，反复擦拭着我的幻想。我幻想那些生活在不夜城的孩子，每天晚上都不会有适应黑暗的恐惧，更不会有让母亲在黑暗中摸索灯绳的经历。那里的孩子，睁开眼睛看到的肯定是一片光明。

火车再一次将我从南方大城市运送回北方小镇的时候，是凌晨两点，火车正在通过南京长江大桥。原本寂静的车厢里有了骚动，几个孩子兴奋地趴在车窗前呼喊：快看，长江，长江。我睁开眼睛，看着窗外早已熟悉的灯火。远处的居民楼上，仍旧灯火通明。一盏盏灯勾勒出窗子四四方方、规规矩矩的轮廓。从求学到工作，几年的时间里，我已经约略读懂了那些灯火下具体而真切的面孔：有人在赶制第二天的会议报表，有人在准备第二天出摊的食材辅料，有人因为失业而痛哭流涕，有人在欲望与良心的纠缠中辗转难眠……

黑夜中一定有什么在发生。矗立在村子四周的安静的草垛，日日夜夜在大地之上，独自看守着属于自己的长夜。那些被捣碎、搅拌、静置的大豆和麦子，在相互破碎与相互拥抱中彼此反应，彼此成全，最终成为一缸色香味俱全的土酱。

黑夜中一定有什么在发生，否则我们不会在晨起时看到满窗绚烂的霜花。是谁在黑夜中缓慢降临，以艺术家的刀笔雕琢着岁末晶莹的水分？是谁在黑夜与我们之间筑起了一道美丽的堤坝，让那些可怖的暗之邪恶落荒而逃？

黑夜中一定有什么在发生，否则我们不会在清晨熹微的光线中，不需要睁开眼睛就能察觉到，外面一整个世界正在陷入一种纯粹的耀眼的白。是谁在夜色中舞蹈，粉碎了千万盏琉璃雕饰着的夜的黑？是谁擅长建造宫殿，让我们问心无愧地领受来自遥远天际的馈赠？

黑夜中一定有什么在发生。我在另一篇散文中提到过我村的一个男人，穿越了 20 年的时光，重新回到村子。那 20 年的真空时间，一片黑暗。我们无从知晓时光是如何将一个意气风发的小伙子，消磨成了现在这副神志失常的模样。那段被遥远的时空距离所封存的秘密，像一只陶罐，秘而不宣。

现在，让我们将视线聚焦到那只陶罐。那是一只表面粗糙或釉色昏暗的陶罐，它静立在一间土坯房的角落里，落满灰尘。陶罐上有一只倒扣住的粗瓷碗，圆润规整的边沿将陶罐遮蔽得密不透风。另一场黑暗降临。不论白天还是黑夜，从格子窗里照射进来的日光不急不缓地偏移，从陶罐上爬上去再从陶罐上爬下来，这都不会影响陶罐里的另一个世界——在一只粗糙的大手揭开那只粗瓷碗之前，里面是永恒的黑夜。

黑暗中，炒熟的大豆与小麦在持续作用、发酵，它们紧紧抱住彼此破碎的身体，流出热泪，宣告离别，然后再你中有我，我中有你：这是母亲在陶罐中腌制的秘制土酱。黑暗中，金黄的小米刚刚覆盖了罐底，这些从土地里流进来的黄金，只有在逢年过节的时候，才会闪亮登场，带着它在黑暗中按捺了无数个白天与黑夜的色泽。在那个颜色寡淡的冬天，这是点亮轻薄胃口的绝佳食材。黑暗中，那些愈黑暗愈纯正的五谷的精髓，以一种浓香的液体的形式静置着，随时准备迎接一场喜悦的丰收或者悲伤的别离。

黑夜，这只硕大而神秘的陶罐，静立在这片广袤的土地之上，酝酿着，蓄谋着，等待着……

大河汤汤

一条河流的全部秘密，裸露在这片土地之上。这秘密像河流与土地签订的一份绝密契约，任凭二者之外的任何人想要一窥其全貌，都是异想天开。

然而，我们还是能够窥见河流与土地的某些公之于众的条款。譬如，你凝视着一张按比例尺缩放的本地地图，看到地图上那些纵横盘旋的淡蓝色曲线，由鲁东或者鲁中山区的那些山脉与峡谷之间肇始，自西向东，按照某种既定的秩序，形成或纤细或粗壮的大地的血管。你需要将自己眼中的那个视觉焦点模糊掉，这类似于你小时候盯住报刊亭过期处理的杂志封面上那种三维图片时使用的视觉技巧。那么，城市之间的分界线消弭了，那些肩并肩挨着的地名隐去了，这片淡蓝色的河道水系却愈加清晰，在地图上织成一片交错的经脉。日日夜夜，它们无声而慷慨地哺育和喂养着这片广袤的大地。

当然，你还可以站在高处俯瞰一条河流。因为地势的便利，你终于能够站得比一条河流更高一些。你看见它像一条丝带，流光溢彩，风姿绰约，腰肢伸展，一路旖旎而去，穿越村庄与城市。偶尔因为建筑物和树木的遮挡，它身体中的某一部分会消失不见。然而真相却是，你总能够在更远的地方再次与它相遇。它总是这样，一边放逐我们对远方的想象，一边以一己之力在大地上穿针引线。对于这人间的缺陷或者完满，它或者试图缝补弥合，或者妄想粉饰太平，或者希望锦上添花。

站在高处的你，更应该摆正自己之于一条河流的位置。大地之上，没有人能够高过一条河流。它将自己放到最低处，日夜奔流，不与高山和丘陵一争高下；它汹涌前行，只为填平这片土地上最低洼的缺口。那些因为施工或者自然因素而形成的沟壑，总能够因为一条河流的到来，得到公平与完整的慰藉。更多的时候，一条河流也不惧怕将自己变得更低，带着它来处的所有情绪，它选择在一处断崖，一跃而下。

面对一条去意已决的河流，我们一厢情愿的阻拦几乎是无效的。这个时候，河流会生出最硬的脾气，它会变成一头凶猛的野兽，向着那些泥土或者高墙冲击与碰撞。结果有两种。其一是，这些泥沙土石根本拗不过一条去意已决的河流，那只是时间问题。于是在河流的冲刷与策反下，那些成为阻拦的泥沙土石，纷纷缴械投降，并且加入一条大河浩浩汤汤的行列中，以自己的血肉之躯满足着一条河流愈来愈大的胃口。如果前一种结果足见河流武装到牙齿的强劲，那么后一种结果则让我们见识了一条河流以柔克刚的生存智慧。在前一种结果对抗无果的同时，它们会重新开掘，层层堡垒之外，一定有一个漏洞等待它突破。等它重新找到了那个漏洞，同样的冲刷与策反继续发生。一条河流的真正含义就在这个时刻得以产生——那种包含了曲折又柔韧的美感，那种百折不挠又曲径通幽的生命哲学。于是，在大地之上，我们见识到更多的，是一条河流蜿蜒向前的美丽。

悲剧还是发生了。人类用一种叫作混凝土的高强度材料，野蛮阻拦了一条河流蜿蜒的去向。在施工队、挖掘机、铲车、商砼车的多方角力下，它的长度与方向，连同它的宽度和高度一并被规划，被计量。一条河流形而上的浪漫主义，就在那一刻消失殆尽。

那些大地上的河流，它们纷纷以各自的形态流淌，纪录着这片土地的故事。

丰水期河流的河面以一种让人恐怖的浑黄向两边的田地和村庄无限扩张。一旦水面越过了堤岸，那堤岸的存在就毫无意义。河流变成了从笼中逃脱的野兽，对着我们尚处于干燥中的生活虎视眈眈。那些深藏在河流深处的秘密，就会横冲直撞到我们中间，向我们耀武扬威、张牙舞爪。

瘦得像麻绳一般的河流，再瘦下去就只剩下干涸皲裂的河床。这仿佛是它的谢幕演出。为了让人间看透它坦诚的底线，它差一点倾其所有。河床仍旧保留着丰水期时健硕的腰身，那里曾经水草丰腴，鱼虾成群。现在，它裸露出自己，连同那片被冲洗得洁白如新的砂石。人们愿意相信，这条干瘪的河流，曾经有过辉煌的青春时光。

面对一条干瘪的河流，人们大可不必生出壮士暮年的叹惋。只需要给予一条河流以年为计量的等待，一旦雨水丰沛，它又会成为一条波涛奔涌的大河。这一点，与那条只能越来越瘦的人生之河截然不同。

我们还应该盘点一下一条河流给予人们的馈赠。那些在浣衣濯洗间延伸出来的亲情，那些踩着石子摸鱼捉虾的童年，一个青年人走向远方的梦，以及沿着一条河流的方向返回故乡的路。

我们习惯选择河流最瘦的一段，捡拾河滩上大小各异的石头，在水面上排兵布阵。石头错落地摆开，邀请人们深一脚浅一脚地试探。你踩下去的每一脚都前途未卜，不清楚它下面是暗礁还是浅滩，你得在每一脚上都做好落水的准备，只用上半分力气，尽量不打草惊蛇。石头晃动，发出或深或浅的惊叹。等你终于摇摇晃晃上岸，回头再看那片石头，风平浪静，只有潺潺流水一往无前。多年以后我们终于离开了那条河流，面对着学习和工作中的枪林弹雨，是否也有当初踩着石头过河的惊险体验？

情人在河边分别，要去闯荡世界的人在河边立下誓言，落叶归根的老人仍旧选择与一条河流重新相认，那些委屈的、伤心的、绝望的泪水都选择在河边流淌……我们有太多的秘密只愿意向这片流水倾诉。也许正因为它滚滚东流、一去不返的特性，它成为这人间喜怒哀乐的最佳倾听者。我们不用担心它会泄密，昨天说过的话，早已经随着水流飘向了另一个村庄。而那里的人，即便从水流中打探到了什么，也绝对不会从这些秘密中重构出那个秘密的主人。

于是在一条河流里，众多事物进入了它们的简化过程——被分解被消化，化作泥土化作尘埃化作鱼腹中美味的一餐。随之而来的，一条河就有了咬紧牙关的时刻。它必须为人间的秘密守口如瓶。

细细想来，一条河流替我们承受了太多。在我们当地，每当有亲人去世，活着的人会选择用一条河流来释放哀伤。他们将那些不便于埋葬的物品放逐在水面，让它们随着河流漂向远方。一同流向远方的，还有逝者在这个村庄里劳作多年留下的那些表情与背影。多年之后，我们再也没有在这片河流中与那些物件重逢。哲学家说过的"人类不能两次踏进同一条河流"在这个具体情境中得到了完满的验证。

你是否曾经详细地探查过一条河流的具体走向，曾经让多少人目眩神迷？如果你清楚了这一点，那么这个夏天，发生在我们县城的几起坠桥事件，也就变得不那么耸人听闻了。

第一起事件，是一个女子和一条河流的故事。当她一个人摇摇晃晃走到这座本地最宏伟的大桥上，那时候日头正晃眼。正值下班高峰，桥上车流淤塞，没人会在意一个头戴遮阳帽的女人，更没有人会想到，一个在酷暑天里在乎太阳暴晒的女人，会在一分钟之后，将自己的生命弃若敝屣。作为这条大河横贯东西的桥梁，站在桥中央，正好可以将河流的上游和下游尽收眼底。她一定也抬头看过，便想到这么多年里，每当她醉酒的丈夫挥拳怒目，她都竭力找到自己的上游，想不清是从哪个节点开始，她婚姻的河流开始分叉、跌宕，惊起波澜。后来从坊间传闻之中我们知道了，让她毅然决然在这座桥上截断了自己生命的下游的原因——二胎仍旧是个女儿。在她三代单传的丈夫看来，这简直是一件不可饶恕的事情。

据说这个绝望的女人被惊慌的人群呼喊着打捞起来的时候，就已经没有了呼吸。那座桥高 4 米，东西横跨宽 80 米的河面。那个时节正值丰水期，救援人员接到通知后，带着皮划艇从对岸游到河中央的时间里，一条生命就这样成为大河中一个倏然惊起又迅速平复的微小波澜。

等到第二个女子带着自己的儿子来到桥面的时候，那条河仍旧浩浩荡荡，自北向南，一意孤行。这是她最熟悉的土地，在这里出生，在这里成长，毕业后又在这里工作。她曾经一度以为，自己的生命就该与这条大河一样，有着源源不断的动力与浪花，在此岸与彼岸间辗转腾挪。这么多年里她一定拼尽了全力，在如此汹涌的毕业大军中，她在毕业的第一年就为自己考取了一个理想的岗位。如同这片土地借助这条河流更新着自己，她也依靠自己的努力不断更新着自己青春的内涵。后来的剧情仍旧没有波澜，她结婚，生子。再后来，剧情进入了俗套肥皂剧的情节——丈夫经常夜不归宿，日子泥沙俱下。

那个夜晚，这座鲁东南小城在流光溢彩中愈发恢宏壮阔，夜色很大程度上掩盖了远处的脚手架和城中村，一条条霓虹灯带勾勒出这个城市未来几年中拔地而起的轮廓。她看着那片明晃晃的水域，偶尔有鱼跳上来打乱那些霓虹的倒影。如果一个人的内心生活也能够有一个长度，那它是不是也像这条大河，在上游激起的浪花，在下游已成为绝望的漩涡？在上游竭力安抚的那些沙砾，在下游时已经被浪头磨平了棱角？

幸运的是，她跟儿子跌落的地方，水浅浪平，那条大河以这种委婉的方式将他们抛回了人间。不知道当救援人员将母子二人救上来的时候，她脸上的表情是重生后的欣喜，还是劫后余生无力的绝望？

面对一条河流，人类有着共同的集体无意识的情愫。那些滚滚流水，多么像旧时的纺车，源源不断将我们内心的思绪拉扯出来，再将这思绪中痛苦、忧伤与彷徨的部分一一翻拣、掂量，让它们顺流而下，与这条河上游和下游的其他部分，一同构建起它的精神领地。

巧合的是，在这两起事件中，主角都是女子。面对生活这条大河，她们一开始不清楚它的险滩与漩涡。那些表象琐碎而细密，如俄罗斯套娃般，一层一层将那个芯密封在最里层，让我们在探究任何一个生活的真相过程中，都要经历剥洋葱般的辛辣与酸楚。就像你看到眼前一条河流，它碧波荡漾流水潺潺，然而非要你亲自踏进去试一下，才能真正了解它的深浅。她们还没有在这条大河中练就辗转腾挪、来去自如的本领。

当然，以上的两起坠桥事件并没有出现在我们本地的新闻报道中。而几天之后本地官方媒体的另一则新闻报道却引起了我的注意：为营造更加和谐的宜居环境，本地城市管理局决定在这座大桥的东西两端派驻2名值班人员，全天候开展巡河巡桥工作。

我所生活的这座鲁东南县城，最大的水源地是县城北部的青峰岭水库。

据县志载：新中国成立之前，因本地一条贯穿南北的河流泛滥，致房屋倒塌、沙压良田、颗粒无收，百姓被迫卖儿鬻女、离乡背井。沿河一带，饿殍遍野，盗贼蜂起，民不聊生，社会混乱现象屡有发生。

这样触目惊心的文字记载在新中国成立后戛然而止。1959年初冬，当地17个公社3万民工云集工地，拉开了修建水库的序幕。经过200多个日日夜夜，清基回填，筑坝垒堰，夯实碾轧，凿眼放炮，浇筑预制，开挖掘进，砌石护坡……到次年夏天，水库工程胜利竣工。现在我们查阅资料，仍然能够见到几位因受冰水过度刺激造成终身残疾的参建民工的真实信息。

作为本地最大的水库，它是以防洪为主，结合灌溉、发电、水产养殖等综合性的多年调节水库。从空中俯视，水库就像一块镶嵌在城北大地上的翡翠。它以一己之力摆脱了自然节律的羁绊与肆虐，给这片土地带来了崭新的生物钟。青峰岭水库灌溉2个县的10个乡镇、284个自然村的土地，灌区内十几万亩良田旱涝保收。

那片方圆770平方千米的水域，集合了传说与神话、流言与神奇，充满了波谲云诡的浪漫主义气息。传说水中有一只背如大锅盖的老鳖精，每到农历月圆之夜就要爬到岸上来，在月光下晾晒它那门板般厚的鳖盖。传说大坝泄洪闸的底部有8条鲤鱼精昼夜轮流看守，同时训练水里的鲤鱼躲避洪流的技巧。传说水库正中央沉睡着1条大鲇鱼，每当附近村子人心败坏，大鱼就会掀起滔天巨浪，以示惩罚。传说守护整座水库的河神，每到初一、十五逢集的时候，都会化作一个老农的形象，布衣草履，赶到集市上置办人间的杂耍玩意，每次入水之前都要留下一颗珍珠作为对人间的答谢……

这些神话与传奇，离我们这个村子太近了。近到每次我走过门前的小路，爬上土坡，就能俯瞰整片水域。天气好的时候，视线穿越横亘几千米的水面，能够看见对面村庄的绿树红墙。

每天晚上，当我所在的这个农家小院关上电灯，黑暗中总能听到风声吹来的澎湃之音。对于这片水域的恐惧，连同生活在水库大坝之下的整个村庄的恐惧，在祖辈们口耳相传的各种神话故事中日益增长。它像那把达摩克利斯之剑，高悬在地势低矮的村庄之上，与这个村庄保持着大水之下的深度关联。于是，祖祖辈辈对于水患的恐惧，在梦中偷袭了我。那个梦境便反复地在我的童年世界中构建、瓦解，并再次构建。

大水漫灌。波涛滚滚的水浪直奔我们的村子而来。我们在水中呼喊、挣扎，浮起又下沉，整个村庄都在水面之下。水库以汪洋之势吞并了我们的村庄。我在梦中一次次感到窒息，又在这样的窒息感中一次次惊叫着醒来。

真相是，梦中这样的恐惧感，从来没有在现实生活中发生过一次。真相是，那座与我们一坝之隔的水库，它以虚怀若谷的心胸和相濡以沫的深情，调蓄水源，灌溉农田，安抚了下游几百个村庄的忐忑。真相是，当如我一般的儿女们四散天涯，求学工作，结婚生子，时隔多年再次梦到它白浪滔天，我们醒来，并且确认，家乡从未曾舍弃我们，它借一汪深情的湖水与我们如影随形。

从山东省地图上俯瞰，由南而北穿过我们县城的这条大河，那种绵延纵横的淡蓝色姿态清晰可见。在这片广袤的土地上，你无法忽略一条如此绵长的河流。那些河流的余脉在大地腹部蜿蜒盘踞，像一棵巨大植物的根系，紧紧地坚守住我们脚下的这片土地。如果这个地图的比例尺再放大一些，你就会看清楚那些沿河而建的村庄与城镇。它们像这株巨大根系上的果实，像这个庞杂的自然博物馆中繁杂与琐碎的藏品，包括那些人物志、风俗画、方志与正史。当你试着盘点任何一个故事时，你会发现，这个故事最终的走向，都会汇入这条河流。

天快亮的时候，我奶奶最小的儿子——我的小叔赶到了医院。他收到三叔的电话后连夜驱车 6 个小时赶过来，他的躺在病床上的耄耋母亲——我的奶奶，在昏睡中一直喊着她的小儿子的名字。小叔推开病房门的时候，奶奶刚刚在护士的安抚下睡着了。

作为我们村里有名册记载的第一个大学生，小叔一度承载着我们整个家族的光辉与荣耀。他在南方大城市读书、工作，毕业后顺利地娶妻生子，围绕着小叔的那些光鲜亮丽的故事从奶奶口中被一一转述。除了奶奶，其他人都离这个故事太过遥远。我们站在沂蒙山最深的腹地，而小叔在南方那个灯火辉煌的大城市。我们之间的距离越远，这个故事便越神奇、越迷离、越光怪陆离。南方，南方。

奶奶说，小叔在南方一个月的工资够我们庄稼地里好几年的收成；奶奶说，小叔的媳妇是城里人，他们在大城市举办了风光的婚礼，那些风光的具体情节，大致是我们从黑白电视机里看到的那些婚礼现场，当然，还需要靠我们的想象为它描绘出绚烂的色彩；奶奶说，小叔上班的地方在 9 楼，比我们村子里最高的那棵树还要高一些……

我对于南方的想象就在奶奶绘声绘色的描述中茁壮成长，那种想象太过旺盛，以至于很长一段时间里，我以为全世界只有 2 个部分：我们的村子，南方。全世界也只有 2 个方向：脚下，南方。

那些年月里，一批批走出村子的人，出了村子后都坐上了一辆辆开往南方的汽车。他们一个个沿着小叔光荣与梦想的方向前进。日升月落，更多的男人女人成了村民们口中的主角：他们走南闯北，单刀立马，金榜题名，笑傲江湖；他们南下务工，下海开厂，捧上了铁饭碗，登上了地方报头条……一个个既陌生又熟悉的故事被他们重新续写，并且不断被刷新。

小叔坐在奶奶的病床边，关于他的那些风光与繁华都已经尘埃落定，那些光鲜亮丽的身份从他身上一一剥落。他不再是我们村第一个大学生，不再是南方城市的成功人士，他现在只需要一个身份，那个最初的从生命之河中发源的身份。就像奶奶身体的大河里分叉的支流，不管他流出去多远，路途中遇到多少波折与跌宕，他生命中的那些浪花与河水，永远记得自己的来路。他从自己的上游出发，一路奔波辗转，最终又沿着时光的脉络，回溯到了上游。就像是黑夜最终回到了白天，树木最终回到了森林。

一条从生命之源发端的河流，它流经我们的童年与少年，让我们产生根须，连通经脉。每个人都是这条河流最鲜活的存储装置，能够用自己的骨血，用一段段经历为这条河流保鲜、提纯，然后在必要的时候重新输出。这个过程，类似酿酒。五谷杂粮投进去，加入时间的作料，喂以人情的药引，等着它在肉体这个温热的容器中慢慢酝酿、发酵，直到有一天，芳香四溢，通达五脏六腑。

我离开那条河的时候，那个老人仍旧在河岸上坐着，用我来时看见的同样的姿势。他饱经沧桑的脸朝向河面，没有表情，没有言语。

他一定在打捞些什么。

他的独坐也有着本能的筛选。他不能够独对一面墙壁消磨一个下午，那样的扁平与安静，与他生命的黄昏同性相斥。然而一条河流是立体的、动态的、由南而北的，它裹挟着上游每一个村庄和城镇的气息一路而下。

面对一条河流，这里面有多少生命啊，有多少故事啊，一条河的流动又能够勾起他们对多少流逝年华的回忆。

河流，流逝。这两个词语之间有着千丝万缕的直接联系。或者干脆说，河流就是流逝，流逝就是河流。在这种具体的语境下，一个动词可以等同于一个名词。所以古人面对滚滚流水才能抒发光阴流逝、功业未就、报国无门的无限感慨，仿佛一条具象之河重演了他们人生虚拟之河中的惆怅与忧伤。

当我们面对这两个潮湿的词语，眼前总是能够浮起一种绵延的长度与不可揣测的深度，那种丰富的弹性与延伸感，同时还能够激起我们脑海中悬而未决的波澜。

有老人在河边撒网。动作一气呵成，驾轻就熟，甚至在举手投足之间，有一种炫技的傲慢。撒网是一个技术活。要把一张网撒得又圆又满，还要落水时干净利落，不是一朝一夕能够练就的。

我看着老人穿上一身皮衣，将那张渔网有条不紊地缠在手臂上。他在大水中跋涉，选定位置后他稳住自己，像一棵水生植物扎牢自己的根须。然后面向茫茫水面的靶心，那张圆形的弓箭稳稳地射了出去。水面形成了一圈涟漪，不偏不倚的圆，珠圆玉润的圆。

会有一些鱼在这饱满的圆形包围中惊慌失措，会有一些螺在一片浑浊中迷失方向。然后老人开始拉网。巨大的圆以他手中的力为圆心，慢慢缩小、倾斜。未出水之前的那一刻充满悬念，吊足胃口。水面之下埋藏着多少惊喜，哪怕失落也好，都不会辜负一次打捞的快感。然后他拉住这个缩到最小的圆，重新在大水中跋涉，原路返回。

在岸边，他将条分缕析地盘点自己湿润的战利品。

有孩子在不远处的浅水中戏水。河流与孩子都赤裸着身子，坦诚相见。对于它所吞吐的诸多秘密，它都选择对一群孩子守口如瓶。他们的人生刚刚开始，水流清澈，浪花欢快，他们有足够的时间修建自己的河床与堤坝，以及在缓缓流动中修正自己的远方。面对一群这样的孩童，一条河流愿意充当那个笑而不语、天机不可泄露的慈祥老者。

那个坐在远处河岸上的老人，将这一切收入眼底，也包括在河边试图打捞起一些虚无概念的我。

父亲热气腾腾地解剖出冬天的另一场雪。

小院里朔风飒飒，镐头上寒光四射。我的视线定格在父亲高高举起的铁镐上。

秋末冬初,粮食早已进入粮仓,庄稼地陷入睡眠,万物都在藏起自己。

只有一个人,他赤膊上阵,双臂高高扬起一把开好刃的铁镐,热气在他的臂膀上蒸腾,最后散入冬天的景深之中。

将这幅画面继续放大,在广袤的华北平原大地上,一定会有无数个赤膊上阵的父亲,他们选择在同一个严寒天气里高高扬起那把铁镐,喊着简短有力的号子。锋利的镐刃直中靶心,干脆利落,绝不拖泥带水。不一会儿,他们脚下的木头都会纷纷吐出自己藏了几个春夏秋冬的白,选择自己最舒服的姿势仰面而卧。

父亲在解剖这些雪的时刻,也许你正在炉火边贪恋着木炭的余温;也许你正在冰封的河面上解读着童年的另一层含义;也许你就围在父亲身旁，小心翼翼地当一个心满意足的旁观者。

很多时候，我就是那个心满意足的旁观者。

这座农家小院里，四周挂满红色的辣椒、金黄的玉米，厨房一角堆满翠绿的白菜，它们一样温暖而充实，只需要一双来自母亲的温柔的手来抚摸与慰藉。只有这些树桩，是武装到牙齿的那块铁，需要一位父亲调动全身的力气，与它们做彻底的较量。

那些从果园和树林中砍伐回来的一块块树桩，被父亲一块块码放在院中间。每一个树桩都有着自己的脾气。杨树根硕大，根系错综复杂；梧桐树木质绵软，带着色泽光亮的纹理；柳树富含水分，木质细密……

这是独属于父亲的劳作，这是一个男人在一个乡村家庭中无声加冕的时刻。当他在寒冬中脱掉自己的棉衣，露出在幕天席地中长久劳作后锻炼出的结实臂膀；当他举起镐头，目光坚定且从容；当他将镐头稳稳地楔入一块紧咬牙关的树桩；当他的脚下尘土飞扬，在寒冬的阳光里如同一场决战之后胜利的硝烟；当他的额头有细密的汗珠闪亮，他空出一只老茧丛生的左手将那些汗珠轻松拭掉……

你会听到那种木质纹理被撕裂的独特响声。如果木头水分充足，那声音会带点迟钝的闷响；倘若是一块被晒干了水分的木头，这种声音就是清脆利落的。在一把锋利镐头的角力下，那些洁白的纤维如同一根根笨拙的琴弦，在被拉扯的震颤中奏出响亮的音符。继而，它们被分离，被拆解，被一双粗糙有力的大手揽抱在一起，堆放成山。

整个过程，我看着一座山轻而易举地成全了另一座山。这些来自山岭、田地和河畔的树桩，最终被拆解为一片片长短一致、粗细均匀的木柴。那时候，应该是正午时分了，厨房里飘出悠悠的炊烟，爷爷将他的烟袋锅子磕到槐木门槛上，田野四下寂静无声。

凛冬将至。每个夜晚，当我躺在床上即将睡去时，我从不惧怕这个即将大雪封门的冬天。因为我们有足够多的木柴，多到足以抵御这个冬天的任何一场大雪。

烧火的时候，我喜欢端详即将被投进灶膛的木柴。

这是怎样的一块木柴呢？在这之前，它的一整个生命都是相对静止的。一生只站在一片土地上，一生只依傍几棵树。醒来时，它所面临的全部使命就是长大。通过树皮和纹理判断，这是鲁东南地区常见的杨树。树皮青灰色，杂有暗灰色的斑点；木质洁白松软，间有虫洞。

它已然经历过几次生命中的不由自主。第一次，一只触角完美舒展的桑天牛选中了它，并在它的身体里安营扎寨、攻城略地。它被一点点蚕食的疼痛是无法言说的，这些疼痛又最终蜕变为一个上下贯通的虫洞，和一堆被推出洞口的黄褐色木屑。第二次，一只粗糙的大手拍向了它的树干。这是一个经验老到的木材商，那些虫洞让他从长长的货品清单中将其删除。第三次，一只嗡嗡作响的油锯只用几秒钟就结束了它挺拔耸立的前半生。

现在，它的生命进入了后半程。那些属于它的山风呼啸与鸢鹰高悬，都已烟消云散了。它横躺在一座农家小院里，被一柄锋利到寒光毕现的斧头轻松肢解。它仍旧抱有自己洁白的内心和不善言说与喊疼的品质。

炉膛里火光四射。它被投进去，那种木块与木块接触的轻微震动，瞬间惊起了无数火星，顺着火舌飞向屋顶。在所有我烧过的木柴中，诸如苹果木、枣木、槐木、香椿木、柳木等等，杨木是在烈焰中最轻易投降的那一类。前半生它们疯狂长大，这导致它们外强中干，纹理疏松，抵抗不了哪怕一场最温柔的火。

时间在这场谈判中保持了铁面判官的本色，给了你生命的血肉，就会夺走你生命的骨头。

灶火狠狠地扬起了它的鞭子。在一炉烈焰的价值观中，世间任何事物都不值得怜悯。你会看到那些鞭子轻而易举地落在了杨木的身上，迅速包围了整块松软的木头。你仍旧听不到它喊疼，但另一种声音迎面扑来。你会听到火苗狂欢的声音，一场战争中烧杀抢掠的马蹄声，一座城池不费吹灰之力被攻占的嘶喊，一个世界踩在另一个世界之上高呼万岁。

你看着它在烈焰中一点一点失去了自己的颜色，渐渐显出木炭的黑；你看着它一点一点瓦解、垮塌、分崩离析。在一膛摇曳的炉火面前，你很容易地就能够打开自己。那些来自你的遥远祖先的悠远记忆，它们的画面早已在代代更迭中消磨殆尽，然而那种对于火与光的慰藉感和安全感，却挥之不去。

千百万年前，我们的祖先，正是从这样的一团火光中走来。因为一团火，他们开始不惊惧黑夜，不忌惮野兽，不害怕荒蛮，尽管他们也是荒蛮的一部分。他们凭借这团火，对抗整个世界。

沧海又桑田。从海洋到陆地，从茹毛饮血到钟鸣鼎食，从贩夫走卒到舸舰弥津，一切都在时光之剑上风驰电掣，然而这团火，却依旧保持着最初的模样。

那团火在灶膛里熊熊燃烧，我们在这缕文明之光中彼此对视，彼此慰藉。在这团摇曳的火光中，我看到了那些倏然出现又倏忽而逝的表情：一个眉目含情的女子，一个敦厚淳朴的农夫，一个天真烂漫的孩童，一个饱经风霜的老者，一个开疆拓土的霸主，一个大厦倾倒后绝望的王……那团火像一面镜子、一片湖水、一抹光，以某种虚无而具体的历史形态，将这些表情妥善收藏，等待每一个在火光中审视自我的人，小心开启并重新认领自己。

让我们从这团火光中重新回归那块木头，那块已经被蚕食殆尽的木头。稍微有一点乡间生活经验的人应该知道，这远远不是这块木头的终点。等到灶膛冷却下来，那些食物、碗筷和温度一一从它之上撤离，会有一把铲子靠过来，铲起那些依然零落成草木灰的木头，它仍旧将人间温度藏在心里，等待着到田间地头，去抚慰和温暖那些新生的幼苗。

朝而复夕，周而复始。命运的轮盘从一开始就已经上足了发条，让这块木头以各种形态在这世间轮回、经历，那种熨帖的温暖永不消散。

母亲瞅准一棵已经卸掉了大半水分的杨树，甩动手中的钩绳，那个重量超过麻绳几倍的三叉钗便朝着一节枯树枝飞奔而去。第一次扑空后，同样的动作重复了第二次，三叉钗紧紧地抓住了那截枯树枝。

我们的三轮车停在这片杨树林的最外面，透过隐隐约约的树缝仍旧能够看到它本分的银白色轮廓。每隔一段时间，母亲就要骑上它，顺着已经少有人迹的山岭小路，摇摇晃晃地爬上来。空荡荡的车斗在坑洼不平的土路上颠簸着，发出隆隆的声响。一直到这片树林，母亲停车、落锁，那种声响才告一段落。

这是一片人迹罕至的杨树林，杨树林的主人因为全家外迁，又不忍让这片土地就此荒废，所以让一棵棵杨树替他们看守这片土地。在乡下，似乎唯一能够脱离乡亲们日出而作、日落而息的劳作周期的，只有这样的杨树林了。只要选一个合适的天气栽下它们，剩下的事情就交给天意。无论你什么时间来，这片杨树林总能够带给你别致的惊喜：它们在春风秋雨中一天天长大，它们以自己的腰身丈量着这片土地的丰厚，它们盘踞在村庄的西南岭上惯看秋月春风，它们长自己的叶子又落自己的叶子，按照年轮展现出恰到好处的纹理。它们也足够慈悲，能够在优胜劣汰的自然选择中结束自己生命的前半段剧情。剩下的部分，就顺理成章地交给了一位乡间母亲去完成。

母亲开始用力，那根麻绳被扯成直线，树枝顺着母亲力的方向下垂、弯曲，最终选择自己最脆弱的一环，应声断裂。捡树枝是我的事情，这是我从小到大做得得心应手、游刃有余又乐在其中的部分。就在母亲举目四望寻找下一个目标的时刻，我需要低下头来，将那些仰躺在林地里的张牙舞爪的树枝，折断成一定规则的长度，让它们恰好能够装在三轮车斗里而不至于滑落下来。必须承认，这是一个极需要力气的工作，通常要手脚并用。用脚踩住树枝的一端作为支点，双手用力，树枝断裂后发出清脆的声响。

很多时候，当我的脚刚踩上一段树枝，会有一两朵开得正好的蘑菇打乱我双脚的节奏。我蹲下身来，与一朵蘑菇对视。这是本地山林腐叶中常见的一种蘑菇，浅褐色表皮，高耸的伞柄。它在杂草丛中擎起自己扁平的伞盖，表情新奇又慌张地张望着这个陌生的世界。与它视线齐平的地面上，牛筋草、碱蓬、铲子草、蔓蔓草、狗牙根等正以自己绿色的波浪形成林地里无声的潮汐，它们产生风，阻挡风，最终成为风。

我们本地老人鉴别毒蘑菇最简单的办法是，将蘑菇放到太阳下暴晒，那些有毒的蘑菇自然会被晒化，而那些晒不化且越晒越结实的蘑菇可食用。本地民间还流行着一种鉴别方法，将新鲜的蘑菇先焯热水，下锅时放几瓣大蒜，如果大蒜变色，便是毒蘑菇。

母亲从来不会在意这些蘑菇。她的视线总在高处盘旋。在高处，树林早已经提前为她准备好了合适的一部分，比如那些被大风折断的树枝，遭遇了虫害或者雷电的枯枝，以及因为某些不可知的原因从头到脚抛弃了自己的树苗。她拎着那根钩绳在林间密草中行走，如同在大水中跋涉，寻找可以让她甩起钩绳的目标。她的一生中从不缺乏这种在大水中跋涉的经验，比如初夏时节在起伏如海浪的麦地里穿行，比如秋收时在密不透风的玉米地里穿梭自如，比如将那些纠缠如麻的地瓜秧理出头绪，又比如她在厨房的面板上，将一块面团反复揉搓，施以温柔又深沉的力道。

四周是窸窸窣窣的响动。叶片与叶片摩擦的干燥声音，秋虫隐在草丛里吹起口哨，我们的脚踩在枯叶上发出脆响。就在那样连绵不绝的响声中，我们最终收获了一整车的木柴。

我们一趟趟在密林中穿梭，将那些木柴整整齐齐地码在三轮车斗里。两端用麻绳固定结实后，这辆丰收的马车开启了摇摇晃晃的返程之旅。如果这时你恰巧经过 20 世纪末的这个村子，你会看到，在起起伏伏的山岭之间，有一堆木柴，伴着磨砂玻璃质感的落日余晖，沿着那些高高耸起的山脊线，穿过迷雾一般聚而又散的山林，向着时光的深处，时而跃起时而隐没，颤颤悠悠，缓慢前行。

我们还有必要提及这个业已成为历史的职业。

如同补锅匠、卖货郎、卖花翁这样的职业一样，他们被时代洪流匆匆翻过的册页淹没，被搁置在历史尘埃的一角，任凭风吹雨打。

一个樵夫的一生，注定与一座青山密不可分。

上山时，他只带上自己和一把虎虎生风的斧头。他与手中的斧头背负了一家人的悲喜，他要用他跟斧头的默契，兑换山林慷慨的馈赠。

万籁俱寂。当他抬头四望，高大的黑松树在他的头顶织起密不透风的墙，所有的枝干都向他迎面而来，势如破竹。然后他不惊不惧、不慌不忙，山林中只有斧头与坚硬的木质撞击的铿锵声势，回响在群山之巅。

待到他下山，肩上会有一根扁担，扁担前后各挑着一座晃晃悠悠的木质江山。它们规规矩矩地稳坐两端。

在中国古典意象中，一个渔夫和一个樵夫，就为我们安抚了一条江河和一片山川。他们从民族诗意最摇曳的山水中走来，为我们掌管着那里的人情冷暖。他们超然物外、悠然自得，他们从凡尘出发，向一整片山林带去了人间消息；又从山林中回归，挑回一担木柴作为交换。

基于这个职业的神秘性，他带着满身风尘隐入山林，终其一生在林中兜兜转转。旁人无从得知，到底有多少山风治愈了他在尘世的隐疾，到底怎样的山泉水洗涤了他的五脏六腑。有多少次，这座山派遣一只野兔或者一只猎鹰与他消遣时光，再给他以一捆上好的木柴的惊喜。而在清人朱景素的笔下，樵夫已经俨然幻化为山的精神形态，达到了山人合一的境界，"深林鸟不猜""带将花数朵""挑蝴蝶下山"。他一定熟悉这座山中的每一棵树，柏树、黑松、栎树、榛子树；他也不会忽略那些匍匐在脚下的矮小物种，荆条、车前草、树莓、牛筋草……

一个樵夫与一座山的亲密关系，绝对不仅仅是我们今天的登临畅游那般疏离。那是一座山以自己的血肉和筋脉真真切切地参与到他们的生活中去，给他们以摇曳的温暖，给他们以御寒的力量。

在樵夫的一生中，一般不会有值得载入史册的大事件发生，无非是柴多柴少，对应着丰年或者荒年；无非是偶尔一次从山崖跌落，又幸运地攀住了一棵崖间虬枝。而当我们真正翻阅史册会发现，围绕着这些无大事傍身的樵夫们，在他们身份概念的外延中，有一些不可忽略的人类精神大事件，被一一记载，代代流传。这时候，我们更愿意在"樵夫"二字的前面，冠上一个锚定着他们职业分量与厚重感的定语——历史上的樵夫。

现在，樵夫从山林中迈入史册，仍旧挑着他的木柴，哼着他的山歌，每每在人类精神的重要时刻，扮演举足轻重的角色。他们单枪匹马，他们隐姓埋名，他们善伐而能负，他们伏在大地的脊背上清洗人间的荒凉。

我们一定忘不了那个樵夫。南朝梁任昉《述异记》卷上记载："信安郡石室山，晋时王质伐木，至，见童子数人棋而歌。质因听之。童子以一物与质，如枣核。质含之，不觉饥。俄顷，童子谓曰：'何不去？'质起，视斧柯尽烂。既归，无复时人。"那个原本上山砍柴的少年，只因入洞看过一场棋局，下山时已是时移世易，沧海桑田。而正是这个樵夫，让我们在面对世事沧桑的时候，终于有了恰当的情感寄托，少年王质以一己之力，超越一己之身，为我们豢养了一千多年的集体情感。时光这位铁面判官，在王质面前却一度丢掉了自己的惊堂木。

　　物是人非了。时光悄无声息，然而山下的时光却是葱茏而又琐碎的，它以风声以雨声以歌声以哭声勾画着人事变迁，将为人千般留恋的消磨殆尽，让别人避而不及的萦绕徘徊，让流水枯竭而复泛滥，让田地丰盈而复贫瘠，让一代人在另一代人倒下时奋起直追。

　　世事变迁，千百年后的我们已经无法准确推断出这个故事的真实发生地点，历代引用或演绎这个典故而写的诗词有数百首之多，尚有记载的也有近百首。然而，我们的民族情感所需要的，仅仅是这个故事本身，足矣。

　　我们也忘不了那个汉江边戴斗笠、披蓑衣、背扁担、拿板斧的樵夫。"善哉乎鼓琴！巍巍兮若泰山""善哉鼓琴，洋洋兮若流水"，这个能鉴赏伯牙琴谱之玄妙的樵夫，以后长久地出现在我们民族感情的重要时刻。我们更应该提及那些纵论天下事、笑谈古今人的樵夫。他们偶然地路过了一次历史大事件，并且成为这个大事件中至关重要的转折点。这种生活在人世边缘的特殊职业，将自己隐入山林，入则与虫鸟禽兽为伍，出则以木柴为生。超然物外而又对尘世了然于胸，这种在隐与彰之间轻松辗转、自如腾挪的潇洒，无法被我们选择性遗忘。

于是乎，在我们民族基因的最幽深处，一定会有一两个樵夫的影子。他们挑着木柴，唱着劳动号子，背着夕阳，踩着自己越拉越长的影子，朝我们走来。于是乎，在每个渴望逃避的人心中，都有一个隐姓埋名的樵夫。他们远离尘世，却洞彻世事。他们惯于剔除那些局内人的迷障与烟雾，不受其他人的干扰，谈古论今。

有一天，当你独对一座青山，你大可以驰骋想象：有一个樵夫正在这山里面挥动自己的斧头，瞄准一棵被雷电击中的柏树用力砍伐。他的力道恰到好处，三两下便能让一棵手腕粗的柏树应声倒下。等到黄昏，黑夜收拢了它巨大的翅膀，樵夫仍旧没有下山，那么你大可以认为这个从传说里走来的少年王质，正手持他的斧头，看一场仙人的棋局。

小院

小院里的事情，大多数是务虚的。

我在一间距离地面 12 米高的 20 平方米的长方形格子里租住了 3 年后，开始策划一个最朴素也最奢侈的愿望：要有一个自己的小院，把一年四季的风光，邀请到家里来。

这个愿望有了雏形的时候，我正走在 H 城巨幅楼盘的海报下面，并且在这个背景下一走就是 500 多个日夜。这 500 多个日夜里囚禁的，不仅仅是我的身体，还有我的灵魂。

在城市里，人的自然触角慢慢缩短、退化，开始由一只蟑螂退化成一只鼻涕虫。看似是进攻、讨伐和占有，实则是精神领地的干瘪与蜷缩。

4 年后，在故乡的一隅，我终于实现了梦想。它既是逃离，也是寻找。它象征性地逃避欲望与欲望的纠葛，权力与权力的火拼，面红耳赤的争抢和钩心斗角的狡笑；它实质性地寻找"以鸟鸣春，以雷鸣夏，以虫鸣秋，以风鸣冬"的自然耳目。

工作以后，四季早已在车轮和高楼里模糊了面目，却又在小院里被我重新捕获。

小院的布置全部是我和家人亲自动手完成的，前前后后花了半年时间，可谓大费周章。然而细细思量，大费周章本身便是一种生活的艺术。

我们寻遍了柳青河滩的上上下下，把野地里的狗尾巴草种子挪进了院中，用枯木做成茶几和板凳，任孩子用水粉在墙上"胡作非为"，用藤条编成画框，自成一派格调。

这之后，小院大约用了一年的时间进行自我修饰，一点点地丢掉人工斧凿的痕迹，慢悠悠地披上天然的野趣。春天，狗尾巴草和一些不知名的小草吐出新芽；夏天，草木葱茏，池塘里莲叶蓬勃，鱼戏其间；秋天，草木凋零，落叶都能自成风景；冬天，枯瘦的草茎和树枝勾勒出一幅意境悠远的黑白木刻。

小院把四季转换的细枝末节定格在每一个细微的瞬间，像一帧帧慢镜头，把这些年被车轮急匆匆碾过的季节片段一一补偿。它喂饱了我的乡土情结，让我的双脚重新踏踏实实地踩在了泥土上。

城市里培育的灵魂是迟钝的，有着铝合金和水泥的粗糙质感，它冰冷坚硬，没有韧性和厚度。小院让城市里的灵魂开始从原先粗糙、迟钝的质感中抽离出来，有了触手可及的人间温度。

院子，是一个高度浓缩了人们对于希望、平和、安宁、纯净与和谐的审美想象的词语。每个工作日，下班后穿过高楼林立的城市，穿过人流和车流，回到院子里坐着，这成了我们全家人的一种精神仪式。

因为有了这方天地，我们的房子也变得无限延展，那个方格子承载不了的，院子却可以。它既包容着春夏秋冬的轮转变换，又抽象出无限天地的广阔诗意。让我们在喧嚣的城市里独享丰裕的清静。

院子里的一草一木，都是小院对我们的奢侈馈赠。脚步经常到的地方，自然而然成了路，有限的几寸裸露的泥土地上，天长日久成为草木的殖民地。这便是自然的本领。它们守本分，懂规矩，又能充分利用这有限的本分和规矩，肆无忌惮地生长。甚至因为草木太过旺盛，小院一度显得荒芜。在现代社会里，"荒芜"是一个多么昂贵、稀有和奢侈的词语，我珍惜这样的荒芜，甚至更多的时候简直是受宠若惊。

小院里的事情，大多数是务虚的。人们要在务实的同时，找一个这样的精神领地，安放自己的灵魂。人生越是劳累，生活越是忙碌，越是需要这样的务虚。

小院的美区别于城市的美，它有一股野性的力量，那股力量与自由、天然、随性有关。城市的美目的性太强，它的每一处光亮都有着明确的企图。人工的景致越造越多，这种畅游其中的精神享受太过单薄，现代人以这种方式在弥补自己的精神欠账，却发现越是弥补，欠账越多。

心灵与四季交织的审美画面，该有它丰富的褶皱和纹理，而现在却光滑得如家家户户的大理石地板。人类精神文明史，就是从一个人敢往草木深处闯荡，到每个人都从草木深处走出来，再到渴望重新回到草木深处去的过程。

人在草木面前，是低于草木的。我们太了解它们，像它们不了解我们一样，充满生命的荒诞性。我们四处飘零，它们却有坚实的位置；我们辛苦逢迎，它们却可以无挂无碍。

我们的悲哀，正在于我们自以为了解它们并主宰它们；它们的高尚，正在于它们的不屑于了解我们。

我们因妄想无所不知而悲哀，它们因的确无所不知而高尚。

小院再一次真真切切地让我明白，这个世界上最昂贵的东西都是免费的，譬如小院里的狗尾巴草、荷塘、虫鸣、天光……

到小院里来，到人间草木中来，那是人们对于小院的全部审美想象和趣味，更是一场逃离城市的精神私奔。

鸟儿

鸟儿，天空的主人，在城市里落单了。

有诗人在诗里写道，鸟儿的事情，是天上的事情。天上的事情，需要我们以仰望的姿势参与，仰望是人类与天空建立连接的仪式。这场仪式的节目单，大部分由各种各样的鸟鸣填满。

乡间有一种布谷鸟，头顶、背与翅黑褐色，腹部羽端斑白。麦子刚抽穗的时节，布谷鸟开始"快黄快熟，快黄快熟"的催促。一声一声，由远及近，由近而远，催着庄稼快熟，提醒着农时。

在乡村，人人都在忙着播种、耕耘、收获，与土地打交道，布谷鸟恰到好处地化身为连接农人与农时的吉祥鸟。在城市，柏油路面和钢筋水泥剥离了人与土地的亲切关系，人们不再需要布谷鸟的催促。实则，每个人又都在自己生活的这片大地上播种、耕耘与收获，却再也难听到"快黄快熟"的催促声。

乡村里的电线杆纵横交错，像五线谱，鸟儿是跳跃的音符。城市里的天空，被高楼林立占据，越来越高的楼宇频繁地刷新着城市的天际线。城市的天际线成了鸟儿振翅高飞的地平线。

抬头仰望天空，不再有鸟群嬉闹着飞过。偶尔有一两只落单的鸟儿，无精打采地张望，势单力薄地嘶鸣。

"旧时王谢堂前燕，飞入寻常百姓家""西塞山前白鹭飞，桃花流水鳜鱼肥""两个黄鹂鸣翠柳，一行白鹭上青天""江碧鸟逾白，山青花欲燃"……这些都已经成了只能典藏在古诗里的绝响。

原本应该越飞越高的翅膀，渐渐低了下去。养在笼子里的鸟儿的数量，却在大幅增长，增长的速度与人们的幸福指数增长的速度成正比。

城里的树，低矮、喧嚣，不定期被斫正。频繁的修正动荡，让鸟儿放弃了以树为家的原始情怀。城郊的路灯和广告牌，高耸、安静，不被撼动，却成了鸟儿的安乐窝。

从前，鸟儿们喜欢把生命安置在另一个生命的身上，让一个生命见证另一群生命的出生；如今，鸟儿们被迫把生命安置在了一个个冷冰冰的道具上面。喧嚣和变动让鸟儿们抛弃对有生命的、有温度的、有呼应的树的选择，转而向高耸的、不被撼动或斫正的路灯上获取庇护。这是鸟儿的智慧，也是鸟儿的无奈。

鸟鸣声开始被汽笛声取代了，前者渐渐式微，后者甚嚣尘上。我们的耳朵不再有清静的享受。"悦耳"这个词，不再适合居住在城里的耳朵，逃离了城里人的生活词典。

鸟儿与人类共享自然的明月清风。然而，城市只属于人类。人们不再与鸟儿共享城市的灯红酒绿。

人类用喧嚣和嘈杂，"居心叵测"地把鸟儿赶出了城市。

20 世纪的鸟儿和 21 世纪的鸟儿有何不同？

有媒体报道，在有些城市的街道上，科学家发现了一种进城后变聪明的乌鸦，它们会利用汽车车轮的滚动来打开坚果。一次不行，再调整一次，直到坚果被来往的汽车轮胎恰好碾碎。

聪明的乌鸦，与时俱进的乌鸦。

人类从乡村走向城市，也经历了和乌鸦一样的过程。

乡村的鸟儿，在林间，在溪畔，在房前屋后的清晨和大槐树下的黄昏里，翩翩地飞进孩子们稚嫩的日记里。城里的鸟，大都被花鸟市场精心收集，明码售卖，再被关进笼子里，当作孩子惊喜的生日礼物。

人们给鸟儿分门别类地贴上了标签。长相漂亮的、品种稀有的、会唱会跳的鸟儿价格总是奇高。判断鸟儿的价值，凭借的是人类的喜好。

一群摄影爱好者相约去拍摄湿地公园的白鹭。驱车几百千米后，每个人都拍到了满意的作品。他们把相机里那些展翅腾飞的、嬉戏缠绵的白色大鸟打印出来，挂在自己的窗前，拉开窗帘，默视眼下这片轰鸣着塔吊和挖掘机的城市。

传说有一种没有脚的鸟，它终其一生都在凌空飞翔，无法停歇。城里的鸟儿，有着尖利的双脚，却无处落脚。看着它们，就好像看着每一个为生计奔波的我们。一生忙碌，无法停歇。

当我们与鸟儿归于同样的无可奈何的生存宿命，这是鸟儿的时代悲剧，也是我们的时代悲剧。

衡量一座城市的幸福指数，有太多硬性的指标，有许多久经考验的标准可以参考。然而，从柔软的角度思量，能在鸟鸣中醒来的城市，一定是座幸福的城市。

在城市暮色昏沉的黑白剪影里，在那些高耸的树丛里，突然鸣唱着飞出的各色鸟儿，就是这个城市最生动的明信片。

村庄

村庄，人类与土地最亲密的连接，地缘与血缘的绝版收藏。

从我所在办公室的窗子望去，能够看见那个现在已是满目疮痍的村庄，只有几天的工夫，一座原本活色生香的村庄，变成了眼前断壁残垣的景象。像一场灾难电影的开场，或者是结尾。

长年累月地我总要经过这个村子，长年累月地这个村子里总会走过一个我。

我走过的地方越来越多了，所以我会格外记住这个村子；走过这个村子的人越来越少了，所以，这个村子会格外记住我。

我能看见在离我的位置不过 100 米的北边，一排排被推倒的房屋，断壁残垣里裸露出粉色的客厅墙壁、暗红的大理石地板，还有横七竖八地躺着的房梁。

村庄开始拆迁之前，似乎毫无征兆。人们仍旧晨起上班、黄昏回家，像一只规规矩矩以天计算来回周期的候鸟。

突然有一天，我从村子里穿过，看见了被拆掉的门和窗。

整个村庄的人在一夜之间无影无踪了。上千的人家从村庄搬离，然后又迅速消失，不动声色地被这座城市重新消化掉，在另一个地方重演人生。

不只是人。还有那些锅碗瓢盆、漂亮的衣服、孩子的玩具、硕大的双人床、优雅舒适的沙发、冰箱空调洗衣机、没有用完的田字格、没有来得及倾倒的垃圾，仿佛一夜之间，都从村庄里集体私奔了。

等到全村的大门和窗户全部被一辆辆大卡车摞起来拉走，一批大型机械开进了村子，它们挥舞着"爪子"开始对村庄的一寸一寸进攻。

村庄露出了断壁残垣。有工人从四面八方赶来，戴着白手套的手扶着农用三轮车颤抖的方向盘，开进残垣里寻找那些散落的红砖。

工人们在一座座院落前停下来，弯腰捡拾完整的砖头，用手里的锤子敲敲水泥、去除结块，再一次次起身垒进车斗。那几天，整个村子都在上演一场叮叮当当的打击乐器变奏曲。

与此同时，另外一批精壮的工人在那些水泥砖块的间隙里，挑选上好的房梁，一起喊着劳动号子，把一个个房梁抬上卡车。垒着歪歪斜斜红砖和房梁的车子在村子里转悠上几天，村庄的筋骨就算被完整地抽掉了。

这之后，形形色色的老人出现在废墟的各个角落。他们在这摊抽掉了筋骨的空瘦皮肉上，挑拣钢筋、废铁以及木片，然后蹒跚着将它们堆进破旧的人力三轮车里。

从开始到结尾，各色人等分工合作，像蚂蚁搬家，像蚕吃桑叶，一点点地吞食着村庄。

在这件事情上，人与人之间展现出来的默契，那种有条不紊的分工、天衣无缝的程序衔接，简直堪称完美。

人们在默契地完成一个浩大的工程，不需要工程图纸，没有工期限制，只要村庄的废墟还在，每个人都会在恰当的时间出现，拿走自己想要的，完成自己完美的一口。

人类成功地将村庄变成了废墟。

如果从此不予理睬，很快，这片废墟就会被自然再次占据。石缝里的小草、爬山虎、秋天的落叶和背阴里的苔藓……

然而，把废墟还给自然，那并不是人类把村庄变成废墟的初衷，起码，从现在来看不是。

人类与村庄的羁绊，无论是从时间长度，还是从融入的深度来看，都要比人类与城市的羁绊深得多。

这是一场人类与自然的争夺战，类似于其他任何一场战役。

而毫无例外地，人类永远是胜利的一方，然后看着自然万物被狠狠地压在钢筋水泥下面，垂死挣扎。

树

城市里的树，不再是天空的情人，而是城市的客人。

跟孩子学习古诗《咏柳》，我们一起读"碧玉妆成一树高，万条垂下绿丝绦"。为了让他更加直观地认识"碧玉一树高""万条绿丝绦"，我们踌躇满志地出门，走上城市街头，寻找诗人字里行间的蓬勃。

护城河两岸，这个小城的主干道两边，高的低的都是柳树。合抱粗的柳树，却没有挺拔的树干。人们修剪、斫正，甚至将其拦腰斩断。树不向天空伸展，只是一年年变得粗壮，一年年在伤口处吐出疼痛的疙瘩。柳条也只在树的半腰处抽出一枝两枝，待垂到人行道上，又被齐齐剪断。

"一树高"该有多高？"万条绿丝绦"该是什么景象？

长在城市里的树，甚至不能叫作"栽"。"栽"是一整个生命周期，是人们从把一株幼苗扶进土里之后，就有了对它长成参天大树的生命期许，它有着完整的规则的质感的生命年轮，紧密排列的年轮之间，记载了它的生命岁月里经受过的风霜雨雪和俯仰生姿。而城里的树，不配拥有这种期许，它们只是被动地迁徙、被动地流浪、被动地服从，掐灭自己的生存图景，被动迎合人类的生存期望。城里的树失去了自己的使命，只剩下人类的使命；不能按照自己的意志生长，只能按照人类的意志生存。

想来想去，长在城里的树，只能叫作"移植"。移植，转移后继续生长，像一个孩子，正在生命最旺盛的年纪，没有防备地被拐卖，被迫流离失所，在另一个陌生的地方，带着生离死别的伤与痛，重新扎根。

一棵树离开自己生长的土地，需要多久？

很久以前，树永远不会离开自己生长的土地。从出生开始，一直到因为干旱、洪涝、疾病而死去，它们脚下的土地是它们坚守一生的位置。所以诗人才说，坚贞就在这里，不仅爱你伟岸的身躯，也爱你坚持的位置、足下的土地。

很久以后，一种崭新的挖树机被发明，这种机器有着冰冷的坚硬的锋利的手臂，那是人类为自己的智慧贴上的勋章。仅仅需要一分钟时间，就能够完成一棵树与自己扎根其上的土地的彻底分离。从此，这棵树的后半生开始与前半生毫无瓜葛。

它们离开了自己的家园、亲人和伙伴，来到了陌生的城市。在这里，它们遇到了其他更多品种的树，然而它们不再交流，像一个个被锁在牢笼里的苦役犯，彼此哀怨地对望着，任何言语都显得多余。

只要我们想，我们可以在城市里看到任何我们想看到的树。北方的冬天，公园里搭起来一个个温室大棚，因为那些从南方移栽过来的珍贵树种，还不能适应北方的天寒地冻。许多年后，科学家会发现，在物种迁徙的历史中，人类的功劳从未如此巨大。

树本是天空的情人。它们从地平线开始，一寸一寸地向天空伸展双臂，擎起自己火热的胸膛和招摇的头颅，时而享受风的微拂，时而享受雨的慰藉。一棵树的生命历程就是一场爱情长跑，人们口中所说的"天壤之别"便是这场长跑的浪漫赛道。

城市却不再允许它向天空生长，残忍地用锯子切断了这条爱情跑道。城里的树，最终还是失去了自己的情人。它们从此无法拥抱，只能遥望。

每个冬天，城市的道路两旁，大型升降机里载着精壮的工人和轰隆隆的电锯，向着树冠最高处进攻。站在树下的工人围着树干转上几圈，认真地端详、仔细地观察，高喊着口号，指挥着升降机里的电锯，前后左右腾挪旋转，直到把一棵张牙舞爪的树，修整成工人笔记本上的那个工工整整的数字。最高的那一截树干最先遭殃，重重地仰倒在那片柏油路面上，伴着几声深沉的叹息和人类的欢呼。继而是那些旁逸斜出的枝条。在城市里，树木只能按照人们的规矩生长。生长在规定范围之外的，必须死去。

城市里的树最热闹，也最孤独。

那些闪烁的霓虹、海啸般的车水马龙、来来往往的情侣和一口吐在它们身上的唾沫，都让它们不得不参与城市的每一次悲喜，缠绞进城市的每一根神经。

城里的树，不再是一棵树，它们同一盏红绿灯、一条人行道、一块电子显示屏一样，都只是城市里的道具。

然而人们仍旧喜爱树，喜爱那些被人们赋予了神圣、喜乐、安宁意味的祈愿树。它们大多数长寿、粗壮、挺拔，有着虬曲的枝干和壮美的形态。每到重要的节日，人们带上家人、带上香烛、带上虔诚的心愿，在树下祈福、祷告，希望家人平安，祈祷人生顺遂。

这样的树，大多数生长在城市之外，生长在人类生活之外。在这一点上，人类对自己保持着足够的清醒：喧嚣的生活领地安放不了虔诚的祈祷，那个地方要足够隐秘、足够神圣、足够遥远，人们需要从自己的生活中，通过一段长途跋涉，完成一次由鸡飞狗跳到梵音清满的过渡仪式。这个时候，人们从内心里认为，那棵系满了祈愿绳结的树，终于可以让自己清净自在、福寿无边。

很多时候，我们穿梭在车水马龙的城市街道上，画面定格，擦肩而过的路人行色匆匆、面无表情。而身后的那排法国梧桐树，它静默地窥探着人间的秘密，浓绿的叶子和满目的苍翠，成了画面里最鲜亮的底色。

去麦田

　　时间的车轮一旦拐进五月，就像我们在一条巷子里突然转一个弯，身后是大片的花事，而前方有一片浩荡的麦田在等你。这时候，那片动荡的绿意，它摇曳着、轻拂着、宣告着、昭示着。是哪位诗人说过，"美，是一种小动荡"，这句子，仿佛专为五月的麦田而生。

　　正是小麦灌浆的时节。

　　你卸下工资单与出差条，卸下体重与隐疾，卸下小小的虚荣与钩心斗角，卸下这些年堆积在这皮囊上的一个个包袱，只剩下自己肉身的重量，心无旁骛，走进麦田。

　　你选一垄还没有浓密到插不下脚的麦田，小心翼翼地拨开正在抽出麦穗萌出麦芒的麦子，你的双脚要高高地抬起，膝盖用力，有一股力量正在阻拦你向前的气势，让你慢一点，再慢一点。这让你生出了在大水中跋涉的错觉。是的，小时候，每逢暴雨天，学校前面那座木桥就会被洪水冲毁，让你不得不选择在大水中跋涉。那是夹杂着泥沙、树枝和心跳的大水，它让你迈出的左脚产生势不可挡的向下的力，让你在大水中跟跟跄跄、摇摇晃晃跋涉到对岸。

而此时，你正跋涉在麦田的长势所产生的大水之中。你却不急于去找寻对岸，你在静听，四周有另一场克服地心引力的大水正逆流而上。每一根麦子，在这必然的生命周期面前，化身为命运的吸管。成千上万的吸管，将土地深处的秘密提纯、淬炼、传输到更高处。在那里，成千上万的麦粒已经提前准备好了四壁空空的房间，等待一场大水漫灌。于是，你听到一场无声的洪流，在五月的麦田中席卷而来，完成一场自下而上的、通往成熟与丰收的生命仪式。"麦"，这个慰藉了世世代代劳动人民的最朴素的音节，才真正具有了外壳之中的内涵与本真。

在这场大水之中，你的双手自然下垂，与麦芒成顶针之势。是否你们也拥有彼此针锋相对的时刻，就像你曾经在一首诗中写过的那样：

一个用尽半生力气，克服让自己跪倒的重力

一个费尽草木心思，让自己躬身埋首

如你我所知，大地之上

五月交接出一支支剑戟

它造成的疼痛，类似于所有尖锐物体造成的疼痛

譬如当绣花针刺入一个贫苦母亲的手指

譬如大水漫卷中总也涉不到对岸

譬如一场霜冻毁掉一片棉花田

譬如现在

当你站在五月的麦地

你两手空空

任凭麦芒像现在这样

刺痛你的左手

再刺痛你的右手

有风吹来，麦子以麦芒为指针，随风倾倒，先是从你身边倒下去，接着像多米诺骨牌，一直绵延到远方。如果说海浪是风与海水的联姻，那么麦浪则是风与麦子的共舞。风吹麦浪，叶片与叶片相互摩擦、致意，麦粒在摇摆中坚守本心，麦芒善于制造让人眩晕的光亮而乐此不疲。这是集合了各种美学元素的"麦浪"：秩序与错落，柔软与尖锐，现实与浪漫，胃口与梦……

不远处的麦田里，一位老农头戴斗笠、肩背深蓝色喷雾器，循着麦垄前进。喷雾器喷出细小的朦胧的烟雾，随风飞转。许多年过去了，我们早已褪去了青涩的皮囊。而那个头戴斗笠、肩背深蓝色喷雾器的老农，从未改变；这片浩荡诗意的麦田，从未改变；吹过麦田之上的风，从未改变；麦浪翻涌连绵到天边，从未改变。这是祖祖辈辈耕种的麦地，是否充当了一粒时间胶囊，将我们生命中最深的绿意，仔细封存，悉心保管？

麦田之上，山川耸立，树木挺拔，楼房栉比，汽车像伏在麦浪之上行走。这片亘古以来忍受过寒冬与酷暑、经历过饥馑与丰收、孕育过祖祖辈辈的土地，深谙"太阳照好人也照坏人"的普世哲学，无关美丑，莫论贫贱，它喂养穷人也喂养富人，喂养好人也喂养坏人。某种意义上，麦田充当了大地之上的河床、众生之间的基质。

让我们再向前回溯，回到三月份的麦地。那时麦苗刚刚返青拔节，叶片颤抖着向四周试探，仿佛在向这个世界铺设枕木。而我们有潦草应对人间琐事的铁轨。于是我们躺倒，仰面朝天，让那些麦子修饰我们粗糙的肉体轮廓，让我们的身体陷落为一口浅薄的井，这诗意之井，这脱离庸常之井，这与世隔绝之井，这让我们返回自身之井。我们就这样躺着，看天上的云朵舒了又卷，看飞鸟来了又回，看众神以光的名义与我们擦肩而过，以及时刻闻到那股草木与泥土混合的原始气息。

在人类从丛林走向城市的漫长过程中，有些味道早已更迭变换甚至烟消云散，而这混合了草木与泥土的味道，却亘古未变。因此，当我们躺倒在麦地里，那股清新气息让我们消弭了年龄、性别、身份、阶层的差异，将我们还原为人类最初的模样。

因此，当我们走进麦田，我们就经历了人类精神的还乡时刻——那个岁月乐谱上永不变调的音符，那个时光卷轴上永不褪色的墨点。

让我们走进麦田，在饱经风霜后重新找回十几岁的自己：让我们在麦地里打滚，捉迷藏，拨开麦丛寻找嫩嫩的荠菜，或者拽过一根麦叶咬在嘴里，让它的叶尖跟着我们说话的嘴角翘起来，再垂下去；让我们在麦地里，消磨一整个下午的大好时光，而不觉得那是浪费。

而当我们最终爬起身来，走出麦田的时候，我们既不会回头看，也不会想着前面的路该先迈出哪一只脚。

让我们就这样，坦荡、天真、无挂无碍，穿越麦田。

莒地旷野
叙事

这里是莒县，那个原始社会时期被标注为东夷民族莒部落的时空坐标原点。

时间回溯到以万年为计数单位的时代，那时的莒地先民，已经懂得制作打磨石器，改进生产工具，从事较为简单的采集、渔猎等生产活动。他们为我们留下了现存于莒县博物馆的"大口尊"，石斧、石铲、石刀等生产工具，新石器时代的"鸟形鬶"……在这片旷野之上，先民们繁衍生息的步履铿锵有力，向着文明社会前进。清代学者顾栋高在《春秋大事表》中不吝赞叹："莒虽小国，东夷之雄者也。"小，则细致，则精巧，则尽精微；雄，则宏伟，则开阔，则至广大。

这里是莒国古城。放眼望去，飞檐走壁，廊角朱阁，碧瓦朱甍，雕梁画栋。3000 余年后的 21 世纪，莒地人民正在极尽自己的想象力和审美构想，在这片土地上摹画和还原那个喬喬皇皇的历史时代。

莒国古城向西约 2 千米处，为浮来山。天朗气清的时候，站在浮来山最高峰处，可以尽览莒城山河风光。

几千年的光阴里，这一脉城池山林浸润在神话传说和历史故事的底色中反复晕染。

高亮度的聚光灯投射在壁砖青瓦之上，我们所听、所看、所感的必定是同一片山河：你必定能听到马蹄震碎山峦的激越，听到猎猎王朝之旗帜在疾风劲草中辗转迂回，听到毛笔蘸墨于宣纸上游龙走凤指点文脉江山；你必定能看到烽火狼烟裹挟着烟柳画廊直往西北，看到银杏叶翻手为云覆手为雨，看到千里江山一脉神州郁郁葱葱；你必定能嗅到莒国古城墙下黎民焚香祷福，嗅到教经楼案台上旧墨生香，嗅到陵阳河畔大浪淘沙，濯洗这一梦千年的风云变幻。

然后，等一场浩瀚山风，再等一场雨过天晴。

……

山下传来嗒嗒的马蹄声。远在几百里外的齐国正经历着一场权力和阴谋的交接。历史的巨镜时明时暗，它以穿越时空烟云的真相，以及被时空烟云遮蔽的假象，将那阵马蹄声镌刻在秦砖汉瓦之上。

马嘶人吼，地动山摇。从鲁国千里迢迢往东南直下的管仲，在浮来山老银杏树下所遭遇的场景，与他构想中的几乎别无二致：公子小白胸膛中箭，口吐鲜血，落下马来。管仲看罢，挥手快马加鞭，带领 30 乘兵马轻车呼啸着向西北而去。

大约 6 天之后，当管仲在齐国都城遥遥见到"城头变幻大王旗"，他应该想到，这场不动声色的政治事件，于公子纠而言，不亚于一场酷暑中的雪崩。这场表面上看起来运筹帷幄的争夺战，在精于骑射的管仲射出那支利箭的同时，就已经预设了最终的结局。

山风拂动，老银杏沉默如金。

前方是齐家治国平天下的政治梦境，脚下是你方唱罢我登场的钩心斗角。政治的纠葛，从来都是沾染着野心与妄想、贪婪与狡诈、虚伪与阴险。

让我们再次回想那一幕：阳光照耀着几经风霜的银杏树，它正以自己浓郁的绿遮蔽着这方与东海遥遥相望的山岭之地。几片叶子从树上飘摇而下，翻转着扇面的纹理，如一只俯冲的鸟兽，它引领着我们的目光，一直抵达公子小白的肩头。

此时的小白，衣袂飘飘，襟袍摇曳，鬓发微扬。在莒避难的短暂时间里，他稳稳地把握着自己手中有限的世界。我们在有限的史料中艰难跋涉，试图最大限度地还原时空间隔造成的巨大空白。

公子小白拍拍身上的尘土，整理衣冠和带扣，看着远去的管仲轻骑扬起的滚滚尘埃，目光灼灼。真正的较量，才刚刚开始。

多年以后，昔日的公子小白已成为春秋五霸之首，号令天下诸侯。《吕氏春秋·直谏》以白描的笔法不动声色地记录了齐桓公某次酒酣后的场景："齐桓公、管仲、鲍叔、宁戚相与饮酒酣，桓公谓鲍叔曰：'何不起为寿？'鲍叔奉杯而进曰：'使公毋忘出奔在于莒也'。"

曹操在《短歌行》中盛赞齐桓公曰："齐桓之功，为霸之首。九合诸侯，一匡天下。一匡天下，不以兵车。正而不谲，其德传称。"一直以来，公子小白在莒地以公认的政治胜利者姿态站立着，其中，莒地人民又在街谈巷议中将其一统天下的功劳之稍半，分给了那棵栉风沐雨、见证沧桑而无言的银杏树。历史的真相早已模糊了具体而微的表情，正如我们无从考证当管仲的那一箭正中小白的带扣之际的具体天气状况：是飒飒秋风，还是旭日朝阳；是雨雪霏霏，还是朔风凛冽，然而，莒地百姓愿意相信的是，早在2000多年前，这棵遮天蔽日的银杏树就已经具备了趋祸避害、祈福祐安的灵性。

在这片福泽深厚的扇面荫蔽下，数百年后，历史以疾风骤雨的姿态，安排了一位老者从南方钟灵毓秀的群山中款款走来。

同样是在浮来山，也是在银杏树下，老者翻开经卷文集，他选择的是不同于政治风云波谲云诡的另一个方向。

教经楼上，青灯黄卷，彻夜翻动经卷的声音，那种沙沙的细碎声响，和着银杏叶片的震颤，与山风互文、致意。

他举目东望，神色间有些淡淡的喜悦，有一瞬间他也有些难掩的忧伤。不远处的莒城充满着世俗的烟火气息，他们当中，有娉娉婷婷的歌姬，有往来经营的客商，有无边无际的勾栏瓦舍，也有手持团扇的女子，还有小商贩的吆喝声、来往的市井百姓、当地米行里刚刚卸下的枣木门板……火热的市井生活像磁石一般吸引着他的目光，给予他源源不断的创作力，书写着为后世咏传的典籍史册。

偶尔也有这样的时刻，老者伏案、卧眠，树影斑驳。文学的合理想象就在这个时刻发生。在老者的梦中，发生了什么？

屈原沉吟江畔时，是否仍旧挥之不去香草美人的气息？竹林七贤肆意酣畅，是不是在浩浩竹林里挥毫纵歌？曹植与洛神的浪漫邂逅，是否欣喜多于怅惘？

文学的合理想象继续发酵，我们理应能够看到这样的景象：晨钟暮鼓，一位老者布衣粗缕，盘桓在青松巨石之下，他有着树干一样骨节分明的手指，斑驳的树影投射在他沟壑分明的脸上，山溪潺潺，松风阵阵……

"登山则情满于山，观海则意溢于海""操千曲而后晓声，观千剑而后识器""文以辨洁为能，不以繁缛为巧；事以明核为美，不以深隐为奇"……挥毫之间，千余年的文人骚客之才与思、情与志、风与骨、隐与秀跃然纸上，寄予这一片山峰与松涛，奏黄钟，歌大吕，不绝如缕。他时而朱批，时而颔首，时而掩卷沉思。千年的文脉钩沉在他的笔下盘旋辗转，升腾提纯。

现在的浮来山定林寺下，留有一处据传为刘勰墓地的所在。郁郁青松掩映，几块山石合围，内中乾坤我们无法轻易考证。然而莒地人民对于这块墓即为刘勰之墓的笃定，足见其文心翰墨，荫蔽莒城。

一种是简牍深深、丹青留痕的坚不可摧的理性历史，一种是口耳相传、街谈巷议的充满柔情与寄望的感性历史。我们自然期待能够有坚不可摧的理性历史，来帮助我们还原那一场场春秋战事，那一次次征伐决断，那一片片击节赞叹或者山寺哀歌。而伏在历史深处涉水走来的真相可能是，在那些由成千上万的瞬息构成的历史真实客观性缺失的时刻，民间的合理想象便会适时登场，以柔软且温情的方式在一定程度上弥补那些可能永远无法找回的真相和空白，将我们再次带回这片旷野之中。

回到旷野，野地里这一片被泛泛笼罩在"浮来山"荫蔽下的无名山脉，以横贯南北的走势，勾连山野与文史，递接历史与现代，叙说往事与前程。

这时候我们还应该提到不远处淄博市淄川区另一位老者笔下的那抹笑声。

同样是齐桓公所治的齐地，约2300年后，又有一位清代的知识分子，带着另外一种更加神秘幽微的历史表情，以另一种方式走进了莒地的旷野。

依旧是民间传说。据说蒲松龄曾在沂水县城望族刘南宅教授私塾（一说应刘南宅之邀为其修撰家谱），闲暇之余曾到莒地的雪山游玩，其间工于搜集民间鬼怪狐仙故事的蒲松龄听到婴宁的故事后，将其加以整理成篇，编入《聊斋志异》。

《聊斋志异·婴宁》一篇的开头："王子服，莒之罗店人。"莒，即今山东省莒县一带。那个天真烂漫的狐女，所居之地"三十余里……下山入村，见舍宇无多，皆茅屋，而意甚修雅。北向一家，门前皆丝柳，墙内桃杏尤繁，间以修竹，野鸟格磔其中"。

在这个出自莒地的鬼狐故事中，蒲松龄将他对一个女子的偏爱锁定在距离"莒之罗店"西南三十余里的山中。

这位古时的知识分子，手提一盏忽明忽暗的油灯，深入莒地民间，拨动了并烙印在莒地百姓与人世沧桑和嬉笑怒骂中最敏感的那根神经。用狐女婴宁的一颦一笑，带我们走进了那个"乱山合沓，空翠爽肌，寂无人行，只有鸟道。遥望谷底，丛花乱树中，隐隐有小里落"的诗意旷野。

这时候我不得不调转一下行文的方向，提及那只一直在我的高中时代奔袭的红狐。

有一段时间，村子里空气骤然凝结，人人自危。据说村东一家狐狸养殖场里走失了一只狐狸。那些日子，家家户户开始筑牢自己的围栏，盯紧六畜和五谷，入夜即闭户，风声鹤唳，草木皆狐。养殖场里派了专门的人手，总些人熟悉狐狸的习性，在村子周围的密林里围追堵截。

那些密林深处，杂草丛生，常年不见人烟，像时间和空间的黑洞，任由那些野生植物和动物在其中繁衍生息，自得其乐。一只红狐狸窜进这样的密林中，如鱼得水。向着密林深处回溯，在远古时代，这只红狐狸的祖先就曾经无数次让我们的祖先在长途追逐中束手无策。搜寻工作进行了几天，最终一无所获。

与一具最终被围剿后装进麻袋的僵硬尸体相比，我更愿意相信，那只狐狸从我们村出发，最终奔向了它自己的远方。这么多年过去，它仍旧奔袭在旷野里，奔袭在一片片密林一座座青山中。它的眼神更加坚定，风轻拂着它油亮火红的皮毛，天地无言，荒野无言。它回首，望向高岗下的小村庄，然后化为一道红色闪电，所到之地的荒芜都被它一一点亮。

最终，它从我的故事里出走，又把自己奔袭进了一个更为久远的故事里，并早已修炼成人形。我因此大抵可以断定，那只红狐狸，正是循着《聊斋志异》里的草蛇灰线，一路往西南山中，奔袭了三十里地，在今天的浮来山中隐姓埋名，巧笑倩兮，美目盼兮，以一缕山风为伴，冷眼红尘人世，应对世俗纷纭。

山风呼啸，往事越千年。历史与传说，皆为故事。

故者，旧也，从前也，往而不复也。

小白的故地，刘勰的故乡，婴宁的故土。这些历史的文学的宠儿，面对着故地、故乡和故土，这忧伤、眷恋与梦幻的代名词，他们的返回或者追寻，是对政治前途、艺术前途的无限迷恋与羁绊，是于旷野千里之上喷薄而出的一种大写意。

旷野千里，人类的故乡正是一片旷野。我们从旷野上走来，茹毛饮血，刀耕火种，披荆斩棘，筚路蓝缕。

我们从旷野出发，最终再次以历史或者文学的形式返回旷野。只有在荒野的空旷与孤独中，一切历史的、文学的、生命的审美意义才能够澄明透彻。人类越贴近旷野，越容易找回自身。正如陶渊明返回南山，王维返回辋川别业，梭罗返回瓦尔登湖。

世事变迁，沧海桑田，这是一种壮阔的勾连，是一种遥不可及的历史荒芜感。人类的旷野，将历史与现代、文明与野蛮、战争与和平、喧嚣与寂静、隐秘与伟大衔接于一处，激荡回响，历久弥新。

灶火

如果我们所经历过的日子最终汇集成了一束光，如果沿着日子的光亮一路向前回溯，我会看到这束光亮起点处的第一场大火。那年除夕夜，村口的柴垛升起了冲天的火光。噼噼啪啪的响声代替了除夕夜的鞭炮声，火光映红了大半个村庄，那是我第一次真真切切地看清了自己生活的村庄在夜晚的面目，借助一场在大人看来是麻烦、在小孩子看来是特殊庆祝方式的大火。火舌舔舐着村里新架起来的电线，勾连着前后左右的柴垛也岌岌可危。人群里有人喊：快拉电闸。紧接着，整个村子陷入了一片纯粹的漆黑和纯粹的明亮中。那场大火一直烧到了下半夜，大半个村子的男女老少陪伴那场大火迎来了又一个春天，眼睁睁看着几十米高的柴垛化为灰烬，眼睁睁看着这场面目狰狞的大火终于在村外的滔滔大河前低下了头颅。

从那场火之后，一个未经沧桑的孩子突然意识到，火是有性别的。那场大火，呼啸暴躁，狰狞恣肆，浑身散发着侵略欲望的鲜明雄性特征；

而灶台里的火，温暖悠扬，善解人意，浑身散发的是熨帖温柔的雌性特征。我于是学会了借助雄性的火认识狂暴与恣肆，借助雌性的火抵达人间的温情与守候。

如果不提及播种时候的辛劳与汗水，也不提及沾满裤腿和袖管的秋天的露水，对于庄稼人而言，点燃灶台里的柴火也算得上另外一场不动声色的生活仪式。那些从土地里生长出来的植物，经由一场火的涅槃，复又回到土里。虽然在千百年来日复一日的平凡劳作中，复制与粘贴式的动作早已经消解了这场仪式的大半庄严。大人和孩子，男人和女人，以生活的名义围绕在灶台边，他们长大，长高，伸展出腰肢和手臂，继而佝偻了、矮下去了，每个人都用自己平凡的一生主动或者被动地参与到一场关于粮食和胃口的浩大仪式中，去解剖深藏在灶火里的流金岁月。

那层霜是从后半夜开始结起来的，窸窸窣窣声响一层层渗进柴火里。母亲总会在前一天落阳前把柴火抱进灶屋，太小的灶屋放不下太多的柴火。

一个乡村母亲的怀抱大抵是用柴火丈量的。一天要烧掉多少柴火，母亲就能抱多少柴火，不多不少。就像母亲在灶台上做出的饭菜，她的双手能够准确地掂量出一家老小的饭量，那些味道和分量都刚刚好的饭菜牢牢地掌管着我们一家人的胃口。

繁忙的乡间生活练就了乡村母亲绝佳的统筹能力。她总能左手和右手同时挥舞，大灶台和小灶台一起烧，鸡鸭鹅狗猪和我们的其它食物同时在火里升温，然后沸腾。

生火是个技术活，是乡间母亲能够成为母亲必须掌握的技能。一根头重脚轻的小小火柴，就是一个孕育着一场灶台大事件的火种。给火柴一个急促的向前的力量，"呲啦"一声，那火苗摇曳两下，或者欢快地拔节升腾起来，或者摇摇晃晃地最终熄灭在黑暗里。这时候，母亲的双手要小心翼翼地捧着这根小小的火种，虔诚而缓慢地将它送入灶口，那里早有堆好的柴火，欢欣鼓舞地等候着一场相遇与骤变。我不清楚母亲的每一次虔诚的手掌心里，除了那根摇曳的火种，是否还包裹着她不动声色的祈祷。但是我清楚地知道，母亲总能够恰到好处地把那点如豆的火光幻化成灶膛里跳跃的光亮。

滚滚白烟升起来，绕着灶台起舞。天气晴朗的时候，母亲蹲在灶台前猛吸一口气，再努起嘴把这口气缓慢均匀地送进灶里。"呼啦"一声，火苗蹿了出来，在灶里舞蹈的白烟刹那间被火苗吞噬；天气阴沉的日子，这深深的一口气则要被潮润且负隅顽抗的柴火分解成一次，两次，甚至更多，直吹到烟雾缭绕，云里雾里，锅屋里满是母亲深重的咳嗽声。

灶火将我们与日子紧紧地缔结在一起，像一封写着家庭人员姓名的信笺上盖了一枚明亮的蜡印。在我们真正开启属于自己的独立的生活之前，这枚蜡印的钥匙，牢牢地掌握在母亲的手里。那是母亲与一整个家庭成员签订的温暖的契约，是无数个白天的忙碌后明亮的慰藉，是无数个黑夜的寒冷之后熨帖的抚摸。

一簇灶火紧紧包裹着人类最低级的动物性本能，又用它晃荡摇曳的火苗泄露了人间最高级的脉脉温情。在童年的时光里，只要还有一堆灶火高高耸立着，就足以擎起我们蹒跚而前的生活的火炬。这把火炬让乡村一年四季萦绕着柴火香气，也让柴火香气点缀着一年四季的乡村。

灶火晃荡着，把灶屋照得明一块、暗一块。我坐在暗处的板凳上，能看到忽明忽暗的四壁和窗。锅上的蒸汽也跟着灶火晃荡，灶火升腾间，每一个词都成熟而饱满。譬如收获，譬如秸秆，譬如谷穗，譬如月亮和露水。

我读高中的时候，两个弟弟读初中，家里正是捉襟见肘的时候，也是母亲与灶台最亲密的时候。高中离家几百米，走读的我一日三餐往家里跑，也把灶上的难题留给母亲。

食材有限，饭菜有限，母亲却总能变着花样地满足我们的一日三餐。菜地里的韭菜、生菜、油菜，初春时节地里的荠菜、马齿苋、婆婆丁……仿佛一切从土地里生长出来的绿色都可以在火上烧煮，变成可以果腹的美味。把这些绿色切丝切片，一个鸡蛋，几把面糊，放上作料，在灶火上煎，出锅盛盘，最后变成支撑我们挑灯夜读的能量。

在村庄，春夏和秋冬都是关于粮食的仪式，而灶火又是关于春夏秋冬的仪式——春天里种下的玉米、大豆、高粱，夏天在雨水里成长，秋天在金风里收获，冬天在白茫茫中安静地检点。每一个季节的炉灶里，都燃烧着来自田地的信号。

麦收时节，农人在金黄的麦浪里穿梭奔忙，一颗颗麦秆被他们的镰刀拦腰折断，整整齐齐地倒在地上，在他们的脚边排成有规律的一排，像一串串金色的闪电。等一粒粒小麦从麦穗里脱壳，一垛垛金黄的麦秧垛满田地间，麦芒绕着麦垛漫天飞舞；夏末秋初，光秃秃的黄烟棵子刚从地里刨出来，根上带着重重的泥巴，被整整齐齐地排在街上；秋天里可以变成柴火的庄稼就更多了：招摇的玉米秆倚在红砖灰瓦的墙上，纠缠不清的地瓜秧相亲相爱地挤成一团，规规矩矩的花生秧带着一粒两粒被遗忘的花生堆成规则的一垛，这样的柴垛足够高，高到可以抵御整个冬天的风雪……

这些来自土地又最终归于土地的馈赠，从古至今都信奉着天地间最公正的能量守恒定律，它们虔诚地交接着一家人的田地与胃口，庄严地掌管着一家人的晨昏与哀乐。那些结满了果子的根、茎和叶，再一次在炉灶里献出了自己从泥土和阳光里积攒了一生的光和热，经由火的升腾与缠绕，化成我们口腹的温暖和全身的力气，化成一家人迎接明天的希望与憧憬。那些被当作燃料的柴火，那些从泥土里生长出来的最终要归于泥土的柴火，那些化作了火、化作了热、化作了一家人日里夜里的盼望的柴火。

更多的时候，母亲根本来不及期盼。她全部的力气都已经用来掌管我们眼下的生活，没有余力再去想明天的事情。母亲的生活是一个圆，以灶台为圆心，以我们眼下的三餐为半径，这个圆太小，小到还不足以把明天的三餐也包围进来。

在一座人口稠密、披星戴月的鲁东南小村庄里，烟囱是最藏不住一家人秘密的建筑物。一天里几次升起炊烟，升起什么颜色的炊烟，炊烟的浓淡深浅，弥漫在炊烟里的咸甜苦辣，不动声色地、耀武扬威地揭露了一家人深藏不露的底细。

最安稳、最饱满、也最馨香的灶火要数秋天的了。季节变迁的消息沿着田野经由阡陌，一直翻越门前的河流和石桥，埋伏进锅屋的炉灶里。与各种绚烂，萧条或寂寞的眼睛的待遇相比，是我们的鼻子最先闻到了秋天的气息。是秋天的气息最先跋山涉水，以炉火为信，犒赏了我们的鼻子，温暖了我们的胃口。那种庄稼的根茎叶缩结着成熟后的喜悦而升腾出来的气味，那种因为充分的、欢愉的燃烧而释放出来的淡淡的乳白色烟雾，那些晨起的树梢或者黄昏的屋瓦上缭绕的充实的喜悦，是每个乡间孩子童年生活中最馨香的回忆。

我的两个弟弟出息得更好，到几十里外的县重点高中读书。为此，母亲在灶台上费了更多的心思。她把地里收的米和豆拿到碾上磨碎，在锅里放少许花生油炒熟，放糖搅拌，盛到罐子里。清白透亮的罐子藏不住太多清贫的面貌，黄黄细细的米糊糊也藏不住母亲太浓的心思。

清苦的日子里，母亲把炉火烧得规整自在；等我们三个相继上了大学，天南海北，母亲的灶火突然就冷了下来。不再有读高中的孩子需要炒米糊糊，也许久没有煎过鸡蛋，甚至也不再需要一日三餐的灶火。按母亲的话说，凑合一顿是一顿。

母亲守着她的灶火，日出日落，花开花谢，黑发又白头。那些从土地里生长出来的生存哲学，那些从火和热里生长出来的生活智慧，却没有能够教会母亲如何应对属于她一个人的灶火。

那个四四方方的小口，吞进去张牙舞爪的柴火，绽放出绚丽明亮的火焰，最后以一小撮草木灰的结局完成这个仪式。那些横着的、竖着的、粗的、细的柴火，最终从母亲的一个怀抱，化成灶底下的一撮。世间的所有故事大抵如此，热热闹闹地开始，结结实实地绽放，再由繁花似锦重归于尘埃落尽。

那层霜还是从后半夜开始结起来，噼里啪啦的声响一层层渗进柴火里。现在，母亲不用赶在前一天落阳前把柴火抱进灶屋。日渐苍老的母亲已经抱不了那么多的柴火，只要一小捆柴火，就足够母亲烧好几天了。

第三辑

有所困书

河床

你可曾见过这样的场景？几个老太太在一起闲聊，聊起他们相互熟识的老人，说他独自在家的某个下午，从沙发上起身的瞬间，一头栽倒，再也没有醒过来。老太太们听完了，纷纷艳羡，哎呀人家真是上辈子修来的福气，这么痛快地就走了，没给任何人添麻烦，好命呦真好命。

我就生活在这样一群老太太中间。

我们住在西街小区的一个胡同里。这是一个二层楼的农民自建房小区，位置极好，周围有重点初中、重点高中，有大型商场和商业街。小区南面是一片十层高的住宅区，北面的住宅区也已经破土动工。要不了多久，我们这个西街小区就成了名副其实的城中村。

据老人说，这方土地，往下挖两米，就会挖出细腻洁白的河沙。老人们因此推断，许多年前，沭河的河床曾经覆盖整个县城，横跨东西，纵贯南北。岁月赓续，泥沙淤积，人们围河造田，在日渐干涸的河床上婚丧嫁娶，繁衍生息。沭河才逐年东退。

六年前，我从杭州回到家乡小城，一眼就看中了这里，它与形形色色的高楼大厦格格不入，两层楼的身高让它与世隔绝，像这个亟待膨胀的城市中明哲保身的盆地。盆地中，门户之间不是上下关系，而是左右关系，最大限度地模拟了农村老家的地缘情感。我跟老公一拍即合，东拼西凑买下了这里的94号房子。

卖给我们房子的这户人家，儿子刚刚从部队转业回来，自己谈了个对象（在我们鲁东南地区，那个跟他情投意合、有了结婚的念头和冲动的人，被人们亲昵地称之为"对象"）。这个房子就是父母准备给儿子留作婚房的。儿媳妇被前呼后拥着转了一圈，临走的时候撇起嘴来。对硬币的反面进行了毫无余地的拒绝后，硬币的正面便堂而皇之地被提上了议程。就这样，机缘巧合地，我们两家进行了彼此称意的等价交换。

从村子里出去的年轻人，一旦见识过了外面的灯红酒绿，就不能说服自己折返了。他们留下了年迈的父母守着老巢。当然，这里的老巢是烫了金字的。在这座县城，提起西街村，简单的几个字凝聚着几十年的辉煌历程。最早的百货大楼、后来的人民商场、步行街，都是村子里的集体财产。村子里的每个人，每一年，都能领到一份属于自己的分红。作为最早进行村集体经济产业改革创新的模范村，"西街村"这三个字，频繁地在我们当地的公共媒体上抛头露面。

按照我们鲁东南乡下的习俗，我得管左邻右舍上了点儿年纪的老太太叫作大娘。这个略显亲密的称呼中有了一个"娘"字，足以显出鲁东南女人们在宗族亲缘中的重要地位。她们的老伴儿呢，转悠着在外面练太极、下棋、遛鸟，外面才是他们的天地。老了的男人也还是男人，也还得变着花样地征讨属于他的那片战场。就像老了的女人也还是女人，还是得守着自己的这个家、这个院子、这口锅、这点小日子。

她们的一天是从凌晨五点左右开始的。夏季天亮得早，她们约在 4 点 40 分起床。秋冬季节，起床时间会推迟 20 分钟。在大部分人的一天开始之前，她们已经披着朝露和晨光来回两趟。她们先在门口碰面，结伴去护城河走一圈。她们走得极慢，都是大半辈子的老邻居，各自熟悉彼此的步子，相互之间协调一致。已经到了不再跟时间讨价还价的年纪，她们并不赶时间。散步回来后，她们再各自骑上三轮车，去城南的蔬菜批发市场。这种人力三轮车，三个轮子碾出来的路程，都是靠左脚右脚交替发力蹬出来的，来不得半点虚劲。不论春夏秋冬，她们都蹬得大汗淋漓，然后再大汗淋漓地载回一日三餐。她们买得并不多，一捆韭菜，几根葱，几个土豆。93 号大娘喂了几只鸡，隔三岔五还要再捡回一车碎菜叶。

　　几乎每隔一周，她们都会不定时地上门来，带着自己的老年款手机。"小鲍，帮我看看，今天早晨闹钟没响啊？""小鲍，手机声音太小了，帮我再调大一点。""小鲍，你看看，时间怎么不准了？"这样的老年机，声音特别大，也经常死机，然后我需要帮她们重新设置或者重启。那些来电铃声带着久远的年代气息，《北京的金山上》《九九艳阳天》《驼铃》《常回家看看》……这些旋律响起来的时候又无一例外地高亢、响亮。我在厨房炒菜的时候，外面唱"好运来祝你好运来，好运带来了喜和爱"；我在阳台上写教案，外面响起男女对唱"风车呀跟着那个东风转哪，哥哥惦记着呀小英莲；风向呀不定那个车难转哪，决心没有下呀怎么开言"……这声音被她们不失时机地摁断，然后她们对着话筒喊，嗓音的大小取决于电话另一头与她们的地理距离。

　　每天我出门上班的时候，几个大娘不约而同地坐在门口，用那种大串壶烧水。这是一种凝聚了农村人智慧的烧水器具，采用粗大高耸的中空筒状结构，在顶部有一个圆形的注水口，还有一个细长的出水口。烧水时，柴火从筒状结构的高处投下，火就会被整个风筒抽上来。用最少的柴火，能烧开最多的水。

这类似于一种默契的生活仪式。在各种家用电器更加便捷的今天，在城中村，有这样的一群老人，选择用一种更慢的方式，来对抗慢腾腾的生活。她们蹲坐在矮板凳上，握着一把铁斧子，不紧不慢地劈开木头，尽量劈的外观整齐、长度统一。一块一块地投进去，这样的动作她们做得得心应手，准确又体面。最出色的木匠，做完一件木工活，浑身上下找不到一点木屑；最出色的画家，画完一幅泼墨山水，身上找不出一个墨点。一壶水烧开了，细长的壶嘴上"咕嘟咕嘟"泛起水蒸气和气泡，她们在这个时候起身，身上绝不沾半点木屑烟灰。

在城市里找木头是不容易的。她们脚下的这块土地，十几年前，多的是庄稼的秸秆、秋风扫下的落叶、北方刮下的枯树枝。十几年的时间里，那些庄稼、野生植物、草垛和村庄，被裹挟在滚滚车轮下，踪迹全无。我总能看到她们骑着三轮车，把这座城市各个角落里的旧日子拉回来。有时候是旧沙发，有时候是木门，还有破板凳、各式柜子，都是早些年的时兴款式。人们紧追着潮流毫不含糊，需要不断地舍弃来腾出新的空间。这些旧家具，几年前在这个城市的各个角落里占尽了风头，它们见证过赞叹、留恋、艳羡，也见证过一家人日升月落的平淡日子。它们在某个固定的位置，一开始独享风光，再后来负隅顽抗，无论如何都抵挡不了人们喜新厌旧的凡俗心思。现在，它们无限辉煌的过去都裸露在一把旧斧子的敲打之下，还原成了最初的木质纹理。大娘们自有一套拆解它们的顺序：先拆那些五颜六色、材质各异的表皮，紫色真皮、橘色亚麻布、黑色绒布；再拆那些大的骨架，通常只需要几斧头，一个秩序井然的木质帝国就轰然倒塌。想当初，它们从一堆原料变成一件家具，经过了多少能工巧匠的细心打磨和雕琢，多少道烦琐精密的工序。然而，拆解它们却不再需要一个完全倒序的过程，大多数时候，只需要一把上了年纪的斧子和一只青筋凸起的手，已经足够了。

也有一些太紧的部件，她们会请我来插手。我比她们多的是力气，少的是准头。我总是高举起那把斧头，让自己的力气尽可能多地汇集到手臂末端，通常要对准几次才能够成功。剩下的工作就是零碎的细活了。她们会在烧水的时候、吃完早饭无处可去的时候、日落黄昏的时候，一块一块地修理那些张牙舞爪的原料，把那些钉子卸掉，修理劈裂的木纹，再按照一定的尺寸劈出长短和粗细。这时候胡同里就回荡起有节奏的"噼啪"声。对于这座习惯了喇叭声、叫卖声和喧哗声的小城而言，这种声音略显陌生，它们像一枚枚楔子，牢牢地楔进小城流光溢彩的册页中。

我们的房子一层有个院子，院子上面除了留出四四方方的天井，剩下的都盖上了平整的屋顶。在我们鲁东南乡村，这种屋顶叫平屋顶。它的缺点明显，平面的结构放大了与外界冷暖的接触面，冬冷夏热。然而它的优点足以让乡下人对它的缺点忽略不计——平面的屋顶可以囤土、种菜。这些离开土地住到楼房上的新式农民，突然拥有了一块几平方米的土地——尽管这被钢筋水泥隔离在半空中的土地失了根，他们又能把自己当作庄稼人使唤了。

就在这片平屋顶之上，一层层从各个角落汇集来的土壤堆起来了。它们越堆越厚，厚到完全可以支撑几垄油菜的根，可以让一棵辣椒扎下根而不会倒伏，尽管当那些根茎深入到泥土的最深处，会略带失望地改变方向，选择横向伸展。

我刚搬进来的时候，她们的菜园就已经蔚为壮观了。闲下来的时候，她们就会去二楼坐着。这些菜园，2 平方米的面积，却足够她们以此保留自己庄稼人最后的尊严。在城里找土是难的，有限的裸露的泥土上，都栽种了绿化树木。她们就要骑着三轮车，去十几里外的城乡交界处，选一处无人看管的野地，用塑料袋装土回来。其实不只是土，她们每次出门，都要把一些生活中的细节揣到身上。看到土就捡土，看到树枝就捡树枝。家里的细节每一天都在改变，确切地说，是在增加，菜园里的土越积越厚，门口的木头越攒越多。一天天地，她们把自己年轻时候丢在外面的细节捡回来，像一条日渐枯萎的河，选择用一块块石头填补自己裸露的河床。

93 号大娘最喜欢在菜园里种花生。花生的生长期要从春天一直延续到秋初。这意味着，在这几个月里，她只能在等待中看着其他邻居一茬一茬地收获小油菜、小葱和韭菜。这样的等待，类似于一种幸福的煎熬。她照看得很细心。她时常拿着小板凳坐在菜园旁边，没有言语、没有动作，就只是呆呆地坐着，保持着与一棵花生对峙的姿势。她能看到些什么呢？那些豆瓣状的叶子慢慢张开，那些触手一寸一寸接近地面然后消失不见，平整的土层慢慢地隆起。她还看到这片土地原来的模样，那时候她还年轻，老伴儿也还在身边，孩子没有四散天涯，土地还没有被高楼占领。

95 号大娘最钟情的是韭菜。这种似细镰刀的扁叶蔬菜，喜欢大肥大水，这对于距离地面 3 米多高的半空，多少有些异想天开。她尽力为它们打造最佳的生长环境。浇粪水，埋草木灰，手工捉虫……她的韭菜因此长得又凶又壮，叶秆埋得很深，出土便是叶片，叶展极宽，叶尖沉沉地垂下来。

她还总爱说，我种的菜比她种的菜出苗率高，每年春天都央求我给她种下去。第一次给她种菜，她看到我用一根手指头把土划开一行，然后把菜种子撒下去，再用那根沾满土的手指头把土盖上，她满是惊讶：你就这样种出来的？我真的是这样种出来的。与她们那种精耕细作的播种法相比，我这种方法未免太粗放，肯定入不了她们的法眼。可是菜种子每次都很"争气"，出苗率非常高。我也就因此心安理得地接受她们的夸赞：小鲍种菜有一手。有没有一手我不知道，反正每次种完菜，我都一手是泥。

今年我种了生菜。种生菜的地方是一个废旧的漏水的鱼缸，2米长，40厘米宽。我费了好大力气把那个鱼缸搬出来，煞有介事地往缸里面填烂菜叶子、果皮、树叶，她们在一旁指导我：不行的小鲍，这玻璃缸不透水，菜出不来。我在她们的一片反对声中填土，还是用一根手指头划土，播种，再填土。几天之后，整整齐齐的生菜苗全都蹿了出来。

西边的大娘每次经过我的鱼缸，都要啧啧称奇：鱼缸里还真能种菜。

我也愿意给她们添点麻烦。我家的门经常不上锁，比如我出去买个菜、取个快递、去河边给小兔子找点青草，把门虚掩上就走了。等我回来，她们一定在我家门口坐着，顺便叮嘱我两句：小鲍你又忘了锁门，幸亏我们在。

家里的花开到正好的时候，我就在门前放一个矮桌，把花从家里转移到矮桌上，让她们看个够。我烧火的时候，她们会围过来指导：劈木头得对准木头纹理，省力气；炖白菜要用文火，烧下来的木炭可以垫在花盆里。

一开始，我家的两只小白兔是养在院子里的，几乎每天，我都要经历一个兵荒马乱的早晨、一个马不停蹄的中午，周旋于一日三餐、孩子接送和工作，经常忘记要给兔子喂食。

有一天我出门去，仍旧没上锁。等我回来的时候，两个大娘说：你终于回来了小鲍。兔子跑出来了，我们三个一个堵、一个拦、一个抓，在桶里呢。我一瞅，她们把兔子放在了我家门口的水桶里。后来我就把兔笼搬到门口，不用我特别交代，大娘们就会把家里的剩菜叶子、剩干粮拿出来给兔子吃。

每一天，等我收拾好家里的一切，带着孩子出门去，她们早已经坐在巷子口等着，我跟她们打个招呼，骑电动车拐出胡同口，奔向滚滚人潮，她们仍旧坐在那里，望着我，直到我和我的电动车消失不见。这里像他们的桃花源，而我是连接桃花源和外界的通道。

生命的秩序在井然行进的同时，也在悄然崩塌。那些在我们年轻时看来坚不可摧的事物，竟然如此轻易地烟消云散。死亡像一场既定的事实，当它真正来到门前，抬起手臂准备敲门的时候，死亡已经无可逃避、必须直面，这个词的发音却首先从他们的唇齿间撤退了。

她们于是选择缓慢、认真地活，只要手脚能动，就为自己找一点儿事做。尽管这些事情中的大部分，都是她们年轻时候扔到一旁的。

她们需要的是消遣老年的事情。每一件事情，她们都要想方设法用尽可能长的时间来完成。她们有的是时间，这句话似乎是矛盾的。然而，事实正是如此。她们总不能就一直坐着，等待死亡说不定哪一天来找他们，然后她们一抬头说，走吧，我准备好了。

她们现在能够准备的，就是把死亡临近之前的每一天，填充得满满当当。她们干着一切年轻的时候被搁置一旁的事情。那些年轻的时候不屑做、不愿做、没时间做的事情，都在她们的晚年一一调转身来。她们会用一个下午的时间，把收集了一两个月的鸡蛋壳整整齐齐地摆在地上晾晒。一面晒干了，再给鸡蛋壳挨个翻个儿，晒另一面。等鸡蛋壳晒干了，她们要再找一个中午，把鸡蛋壳挨个儿敲碎，敲碎的鸡蛋壳粉白粉白的，铺在地上是一个规则的长方形。用扫帚扫起来，撒到菜园子里。她们会用一个下午的时间，把农村亲戚送来的粮食，摊开在地上，晾晒、翻拣。

她们偶尔会结伴出行，十里外是我们本地最著名的浮来山，她们等着三轮车，通常四五辆，集体出发，在路上过红绿灯、穿马路、过桥梁，一路上东张西望，提防着来往车辆，然后从山脚下采回来雨后刚刚冒出来的山菜。

在她们的生活里，每一事物都有自成一体的生物链。烧出来的草木灰，挪到二楼菜园里就是很好的肥料；吃剩的果皮菜叶，沤在一个罐子里做有机肥；一棵菠菜可以挪到花盆里做绿植……她们尽量让每一个经过自己双手的物件都物尽其用，用一道道工序剥蚀掉它最后的价值。年轻的时候，她们努力地将自己拉满弓，张满弦，生活中的任何风吹草动都足以让她们草木皆兵。这些积累了大半生的经验，最后都浓缩成了处理眼前这些鸡毛蒜皮的游刃有余。不过，只有一件事情除外：她们渐渐垮塌下来的身体，实在让她们感到措手不及。

96号大娘有严重的风湿病。一年四季，她的腿上都绑着厚厚的护膝，手指关节也弯曲变形。闲聊的时候，她总爱掐着双手来回搓，她无数次回忆起年轻时候受的苦。"月子里就得洗衣服做饭，下地干活，大冬天蹲在河水里洗麻袋，一天一顿饭。这都是那时候落下的病根，养不回来了。"夏天我爱穿短裙，冬天我爱穿阔腿裤，她看到了就嗔怪我，说年轻人都不知道爱护自己的身子。

95号大娘有腰腿疼的老毛病，走路时半个身子弓起来，像有一只大手，在她的腰上紧紧地攥了一把。她的手走路时总背在身后，手里握着一个折叠的马扎。她立定，挺住腰，手一松，马扎稳稳落地，然后顺势坐上去。整个过程一气呵成。这是她能够把马扎放下来的最便捷的姿势，那些她事先没有想好的姿势，她的病症已经替她想好了。

小区往西十里路，是我们当地著名的浮来山。浮来山上多是松树。秋冬季节，松树摇落了一地的松针，她们要结伴上山了。我见到她们出发前和归来后的场景。而这中间五六个小时的内容，我只能通过她们归来时满满的布袋和凌乱的头发来补充。原谅我匮乏的想象力，不能翔实地补充上那些更加动人的细节。她们一定相互搀扶着过马路，95 号大娘还是弓着腰，其他两个人就要照应她的节奏，放慢速度。她们在公交站台等公交车，2 路，从汽车站开往浮来山的那条线。她们年轻的时候一定也经历过无数翘首等车的时刻。那时候，她们是等一趟班车载来让她们怦然心动的恋人，等一辆公交车载来暑假回家的儿女。这一次，她们为了自己等。公交车靠站，她们相互搀扶着上车、落座。也一定有年轻人微笑着让座，而她们一定会表示感谢后坐上去，她们的身体状况不允许自己谦让过头。路上不用担心坐过站，这是她们坐得最安心的一辆车，她们会等车缓缓靠站，等所有乘客都下车，再跟司机寒暄着下车。

从山脚下，她们一趟趟捡回松子、松针、野菜。秋收的时候，运气好的话，她们会捡回花生、玉米、芋头。如果她们恰好经过了一条河，她们会带回来几块好看的石头，一块块地摆在门前的花盆里。她们就这样，一趟趟用山河树木丢掉的零件，加固自己的老年生活。那些松子和松针的身体里填满密实的松油，用来烧水，是上好的柴火，噼里啪啦的爆裂声中散发出阵阵松香；那些野菜和花生，够她们在胡同地面上整整齐齐地摊开晾晒一整天。

对了，她们有一个共同的"亲人"——一个操着本地口音的中年妇女。这个中年妇女常年烫着一头黄色卷发，她同几位大娘都熟识，隔三岔五地来，骑着一辆电动车，车后座上总绑着一个大纸箱。她从里面掏出脸盆、洗衣粉、毛巾，我看着大娘们乐呵呵地接过去，嘴里说着客气话。中年妇女把车靠边停下，这时候就有一个大娘递过来一个马扎。"坐坐吧。"这几个字的话音刚落，大家就一齐坐下，一个亲热的拉家常的氛围就烘托出来了。中年妇女很关心大娘们的身体状况，开场白都是"最近血压怎么样啊大娘？""腿还疼吗？""平时少吃点盐，不能久站，但也不能老坐着"。说这些话的时候，中年妇女还会带上手势，摸摸这个大娘的肩膀，拍拍那个大娘的手。这样的拉家常每半个月左右就会进行一次。偶尔中年妇女还会带来一台便携式血压仪，挨个地为她们量血压。她们相互惊叹或者羡慕着彼此的数字，笑一阵再伤一阵。她们的老年生活像一片风平浪静的水面，偶尔扔下一块石子，荡起的涟漪足够在水面上来去几个回合。

有一次，中年妇女再来时换了一辆货车。货车停在胡同口，她开始一趟趟地往几个大娘家里搬箱子。一个个原色纸箱，包装简单，上面只贴了"××羊奶"四个醒目的大字。"这次厂家的活动优惠力度很大，你们这样组团买，比之前还能多买两箱。""您看咱这包装，越高端的品牌越简单大气，绝对放心。"中年妇女拉住93号大娘的手，嘱咐她，一天冲一包，一定要在临睡前20分钟，用37摄氏度左右的温水冲泡，"坚持喝，包治百病"。后来我问93号大娘，这种羊奶一箱多少钱？她说，1200元一箱，买一箱送一箱。一箱有60包。效果好吗？96号大娘回，她自从喝了这个羊奶，就很少感冒，精气神也好了很多。

按照我有限的经验，我大约知道了事情的端倪。有些事情，我想我就算知道了也不能说。在假面被揭示之前，真相与假面之间可以完美地画上等号。在这个等号平行的天平上，她们一定会在每晚临睡前，神情庄重地撕开那个长条包装，颤颤巍巍地把一包洁白的粉末倒进水杯，然后旋转，搅拌，再一仰头喝掉，感觉身上顿时充满了力气。她们还会在某一个瞬间，暗自数算着时间，数算着那双膝盖能再跟她促膝坐着，摸摸她的手，拍拍她的腿，然后给她量量血压，再让她们笑上一阵伤上一阵那也是好的。

她们不太提起时间，偶尔提起来，最常问的一句话是：小鲍，今天星期几了？她们的日子里，很少用到"星期"。这种只有上班族和学生们才会用到的计日方法，被上班、会议、出差、课外辅导、兴趣班的日程填得满满当当，一眼望去全是匆忙的脚步与急促的喘息，这与她们风调雨顺的生活轨迹完全没有交集。她们只活在自己的农历时间里。

她们谨守着那些重要节气里的风俗。93号大娘总爱在秋分节气在门口支起炉灶，做好一锅热气腾腾的豆沫子菜。快出锅的时候，我就能听到她开始喊：小鲍，拿碗来。她总是嫌我拿的碗小了，一勺子菜就冒尖儿了。她总纳闷，为什么日子越过越好了，吃饭的碗却越来越小了。她一直用着早年间的粗瓷大碗，青花图案，碗底深窄，碗口阔大平展，一眼望去好日子都铺在大碗里，看着安心舒坦。

95号大娘喜欢在端午节的一大早挨家挨户地插艾草。搬过来的第一个端午节前，她就跟我打了招呼，说这一整条胡同里的艾草都是她来插的，从东插到西。"你们就安心睡觉。"第二天一开门，门前的艾草散发着清香在春风中摇曳，门把手上还挂着几个热乎乎的粽子。

逢年过节，小区里的年轻人往外跑，她们安心地等在家里，这是一年中最不算孤家寡人的时刻，不再需要老邻居的时刻。在外工作的儿女们回来了，在时间这条大河中逆流而上，来寻他们的根，来修补这片年久失修的河床。93号大娘的儿子在省城当兵，几年才回来一趟。95号大娘有两个女儿嫁到了外地，每逢春节就会携儿带女回娘家团聚。96号大娘的儿子在市里开了一家饺子馆，生意红火。这一天，她们终于心安理得地闲下来，把自己当作一个老人，把攒了一年的笑容堆在脸上，接受儿女们迟来的问候、关心和祝愿。

不出去的时候，她们就在胡同口坐着，这是她们一天中极重要也极具仪式感的内容。她们聊好几个小时的天，或者干脆什么都不说，就这样相互陪着。像一棵棵老树，就这样沉默地相互挨着、靠着，一阵风来，她们就呼应以彼此嶙峋的树干和落叶。她们都聊些什么呢？能有哪些话题，让她们以这样的姿势一坐就是几年、十几年，却毫不感到厌烦？在这样的小地方，一个普通人的一生大多是乏善可陈的、平凡而普通的。她们一定摸索了许久又矫正了许久，话题在她们的聊天内容中几经流变，从一开始的看护庄稼、喂养牲畜，到后来的照顾公婆、孩子成绩、嫁娶婚俗……再后来，大多数关于别人的话题，都从她们日渐裸露的河床中流走了。现在这条河已经瘦成了麻绳，瘦得游不了鱼、翻不起浪花、长不了水草，瘦得只剩下自己的身子了。她们这才开始聊起自己，用自身抵御自身，用时间消磨时间。她们只需要聊聊，年轻时一顿饭吃几大碗米饭，结婚时穿了怎样好看的大红袄，午饭吃了几口菜，降压药还剩下几片……

有时候，我也会陪他们坐上一会儿，但是这样的机会少之又少。我得上班，做一家人的饭菜，辅导孩子功课，我没有整块的时间就这样呆坐着，享受自己由身到心彻底放松的样子。住在一片生命的高地中间，我是一片低矮的盆地。我就这样，看着一条条翻涌的大河，冲刷着一片片年久失修的河床，源源不断地流经我身边，然后各奔东西。

时至今日，我仍旧经常在不同的场合、以不同的方式，反复温习那种味道。

那是一种混合着烧焦的塑料味、充分发酵的剩菜味、沤烂的泥土味以及其他无法用视觉和语言进行辨识的腐烂物体的味道。万物都在撤退，那些阳光、河滩、柏油马路和写字楼，它们退出到足够远的时间与空间，将那个品类丰盈、物种驳杂的地理坐标推到聚光灯的正中央。

在村子西边的河坝下面，是一个约定俗成的垃圾场。高高的河坝与公路之间形成了自然的凹陷地带。在全民的目光聚焦在温饱以及经济发展的 20 世纪 80 年代，这种在今天看来野蛮粗陋的垃圾倾倒方式，显得更加实用。

垃圾山以一种迅雷不及掩耳的势头日夜堆积着。制造这种强劲势头的 "始作俑者"，是坐落于河坝 200 米之外的高中，本地唯一的一所高中。3 个年级 1200 余名学生，正是这座垃圾山消费及生产的主力。

然而，空间毕竟有限。有限的空间很难与夜以继日的无限的垃圾生产速度和谐共存。因此，一种原始而便捷的空间压缩方式应运而生。只需要一根火柴，便会产生源源不断的热量以及空间。这似乎不需要多少聪明才智，自从人类发明了火，这种在我们的基因记忆中根深蒂固的人类进化史上的里程碑，它要么制造要么毁灭的力量，从来都让我们足够自信。

那种味道因此顺理成章地产生。它开始长久地萦绕在我们的村子上空，盘旋逗留。正是在这种味道的冲撞与狙击下，我以一种比较丰盛殷实的物质方式，度过了我的童年。

多年后我开始回想，如果那时候制造这座垃圾山的单位不是一所高中学校，而是一个企业、一个工厂、一座监狱，哪怕是一所初中或者小学，它都不能够提供这么丰盈的物质资源，让我一个刚刚学唱"太阳当空照，花儿对我笑"的小学生得以殷实地迎接并度过我的小学时代。

那时候，我的父亲母亲还整日被农活困在地里，那时候我刚刚升级为两个男孩的姐姐，那时候村子里的墙壁上随处可见"谁脱贫谁光荣谁贫穷谁无能""少生优生，幸福一生"的标语。几乎每天放学，我都会穿过村庄，穿过一片密林，抵达那座山。

你大可以发挥自己的想象，想象一个六七岁的黑瘦女孩（那时候她枯瘦如柴，初涉世事的肠胃需要的养料远远超过了它所吸收的部分），她从山脚下出发，随手捡起一根枯枝木柴，向着高高的山顶缓慢进发。在那样庞大的一座人工堆积的山下面，有一个小女孩，她妄想把这座山的来龙去脉和底细翻个清楚。

这个过程中，她得弯下腰来，随着手底下这片江山的翻动，反复地蹲下，起身，蹲下，再起身。她得擦亮眼睛，在手底下的这片江山中，反复寻找和确认。寻找那些还能够发挥其价值的事物，确认那些还能够发挥其剩余价值的事物。这样的过程类似于一种古老而虔诚的叩拜仪式。从古至今，当人们渴望雨来、渴望雨停、渴望天降吉祥、渴望避灾驱祸时，都在进行着同样的仪式。

更多的是惊喜。她并不知道手中的那根木柴会翻出什么。它有时候像一把刀，直刺进岩底的矿脉；它有时候像一柄剑，切中敌人的要害；它还像爷爷手中挥舞的那根鞭子，力无虚发，所到之处风声鹤唳，翻江倒海。她任由那把刀、那柄剑、那根鞭子向着垃圾堆的内里深入，翻找。

多年以后，我在商超的娃娃机前面跟儿子抽盲盒，儿子投币十元后，那个娃娃机的最底层就会"哐啷"一声跌落下来一个盒子。儿子兴奋地蹲下，伸手掏出来。接着他欢呼雀跃地打开。就在开而未开的那一瞬间，我在他眼里看到的那种兴奋而焦急的光芒，那种等待着惊喜而绝对不可能失望的眼神，一如三十年前匍匐在垃圾山脚下的那个小女孩。是的，翻上来的那部分，一定是惊喜的部分，而绝对不可能是失望的部分。但凡你想到那是怎样的一个小女孩，那是怎样一个被物质生活与精神生活的双重空间所挤压的小女孩，你都应该明白，任何一种事物的横空出世，对她而言，都无异于一种奢侈的馈赠。

那些低处的事物，那些一旦没有与我相遇就要被一把火或者一场风毁灭的事物，都被我小心翼翼地捧到了高处。它们后来被我仔细清理，再被一一晾晒在窗台上。比如，能写几页纸的铅笔头，大块或小块的橡皮，还未完全用光的作业本，一个在野火的撩拨下幸运地保留了自己崭新内里的铅笔盒。运气实在太好的时候，我偶尔还能捡到一分、五分、一角的硬币……这些由低处重回高处的事物，被我在以后的日子里妥善保存，各尽其用，依次修补着我清贫的童年时光。

用那些铅笔头，我写出了无数张接近满分甚至满分的试卷；用那些橡皮，我修改了那些不动声色的错误笔顺；用那些作业本，我在昏黄的灯光下将海尔兄弟的那片海画了又画……

多年以后，我都保留着这种在生活中拾荒的习惯。那些被别人丢掉的罐子、瓶子、盒子，那些在荒山野岭上兀自长出婀娜姿态的野花野草，那些秋收后被遗弃在田间地头的一粒粒花生、玉米、小麦，一旦它们与我相遇，那童年时期的记忆便会迅疾地主导我的情感与神经系统。我忍不住弯腰，然后将它们一一捧到高处。

闲来无事的时候，我就会去城里各处刚刚搬迁的村子里转转。一旦进去转了，我就有事可干了。你大概很难想象，一个受过高等教育、有着还算体面的工作、衣着还算鲜亮的中年女人，会喜欢整日地流连在这些断壁残垣之间。我就是想去看看，那些被别人仓促间扔掉的生活，是什么样子。我的目的不在于窥探，也不在于占为己有，我只是想过去转转，就像是转一转我小时候的那个村子，就像转一转我小时候拾荒的那个垃圾场，就像这么多年里我虽然读书工作升迁结婚生子然而我一直都是那个垃圾场里的小女孩。

废墟里全部都是惊喜。这里的时光都是匍匐在地上的。它就那样静静地躺在地上，等待着人们去再次遭遇。它被人扔掉了、闲置了，可它仍旧不舍得离开，它是附着在那些物体之上的。如果我去得稍晚一些，这片领地就会被蓝色的铁皮板围起来，变成另外的部分。我必须把握好时机，在它变成另外的部分之前，进去逛一逛。

巷子里静极了，你像走入了一个时间的迷宫。你在其中左突右转，恍若隔世。昨天这个门里面还跑出来一个蹦跳着的孩子，昨天这个墙角还晒着五颜六色的衣服，昨天这个排水沟里还汩汩地淌出泛着油星的水，昨天还有一把铁锨握在一只粗糙的手中，一锨一锨地铲送着菜地里的黄土……

看似是一场手忙脚乱的搬迁，细细端详，实则是一场利弊权衡过后的精心筛选与剔除。能够发挥着价值和剩余价值的物件，全部消失了：电视、冰箱、洗衣机，沙发、厨具、桌椅，玩具、衣服、生活用品，还有汽车、房产证、银行卡……这些完整地保有了自己的使用价值的事物，与主人的关系太过紧密，它们紧紧地贴住他们，像尾随其后的影子；还有另外一些事物，它们可以变成另外一种更有价值且更便于随身携带的东西尾随着。比如那些终其一生开合了无数次的大铁门。虽然它已经不能够再发挥一个家庭隔离外界的作用，但是还可以被当作铁料兑换成等值的钞票。现在，整个村庄的门户大开，留下一个方形的水泥框架。南来北往的风肆无忌惮，畅通无阻，失去了人类的割据，这个框架已经不再具备划分私有与共有的意义；那些囤积在粮仓里的麦子、大豆和玉米，仍旧在那个圆柱体的粮囤中紧抱在一起。一生中唯一的一次，也是区别于它们祖先的一次，它们将集体性地抛下土地，在一片钢筋水泥的高大事物中完成自己最后的使命；还有那些没来得及吃掉的土豆、没来得及晒干的衣服、没来得及找到自己开花部位的月季，在一场更加具体的风中完成了辗转腾挪。

像一场灾难电影的开场，或者是结尾。城市是一只巨大而贪婪的胃，整座村庄的人和事物，在一夜之间被快速地消化殆尽。

我看到更多的是那些泡沫板的单人床，那些复合板的餐桌，那些用旧的筷子、读过的报纸以及沾满污垢的垃圾桶。它们身体上所有的信息，包括低质量的材料、陈旧的外表、过时的款式、肮脏的附着物，都在散发着同样的暗示：它们配不上即将搬去的新家。换言之，这些低处的事物没有资格上楼。没有资格上楼的事物，因此被一场大火毁掉了面目。我想，换作是我，我绝对不忍心在临走之前将那些物件付之一炬，那些占据过我完整的生命过程的物件，那些残留了我的体温的物件，那些偷听过我不为人知的小小心事的物件。

细细想来，那场大火的作用不仅仅在于毁灭，它更加隐秘而强大的功用在于还原。一场火过后，原先张牙舞爪的空间，那些向着高处、低处或者四周扩张的部分，现在重新归于尘土。那场火将大部分的空间归还，那些之前抵押给一日三餐、衣食住行的空间，那张红腿的老橡木床、那把螺丝松动的复合板凳子、那张塑料桌……现在都被一场大火一一赎回。这意味着，更多关于生活细节的部分，被处心积虑地藏在这满目焦黑之下。

那些已经榨不出价值和剩余价值的事物，被完好地保存下来。或者，更准确地说，是侥幸被完整地遗弃。它们既侥幸地避开了人类谨慎挑选的目光，又侥幸地避开了那场蚕食侵吞的火。比如一户人家南墙根的那个大水缸。是那种陶制的水缸，棕褐色，一米高。它安静地立在那里，肚子上有被火舌舔舐过的焦黑痕迹。像一个沉默寡言的乡间母亲，在过去的日子里，它从自己的腹腔内掏出过多少清澈的水，安抚着一家人各异的胃口。它的笨重与粗糙决定了它注定被遗弃。它无法再一步一步上楼去，即便上了楼，那些开关自如的水龙头也会本能地排斥它的功用。等过几天，挖掘机开进来，它将在一片震颤中化作一片瓦砾。以一个小小的圆站立半生的陶缸，最终以粉身碎骨的形式零落成泥土碾作灰尘。

门和窗都被拆掉以后，日子就露出了真面目。我们那些赖以生活的方寸之地，原来不过是一些砖块和水泥的强行分割。它们以立方体的形式，将你从人群中隔离出来，隔离成更小的圈子之后，你的生活就出现了新的变化。你在里面繁衍生息，辗转腾挪，朝乾夕惕；你在里面春耕夏作，秋收冬藏；你在里面把前方的路想得很远，又一次次将迈出去的双脚果断收回。

还有一些东西，是他们想带走却无法带走的。比如此刻我脚下的这些泥土。一垄垄油菜刚刚站直了身子，越冬的油菜花刚刚把一身的寒气褪换成一片随风摇摆的黄。如果这场搬迁预谋已久，他们绝对不会在土地里撒下种子而来不及看它们开花结果。泥土里还有一整个世界他们也无法介入。比如那些不慌不忙搬家的蚂蚁。蚂蚁当然也会搬家，那不过是从一片土地迁往另一片土地，它们不论怎么变迁，都不可能离开土地，去到一尘不染的高处，或者更高处。蚂蚁们不会经历像他们那样的变迁。

许多许多年以前，当他们的祖先第一次在这片土地上停留，四下巡视：土地平旷，青山妩媚。他们暗下决心，在这里扎根，生儿育女。他们住下来的时候就笃定自己一定不会再离开，一辈又一辈规划设计自己的家园，挥洒了多少血泪才垦出良田沃土。他们一次一次举起镢头时，一定看到了自己的子子孙孙一个一个从地平线上蹦跳着走来，向着这片哺育着一代代生命的土地。

还有那些院墙。那些高墙大院一开始就铆足了劲要替这个家族守好门厅，它们风雨不动安如山地站立，履行着某种宿命般的使命。从它们站立的那一刻开始，它们也许想过会被粉饰、被整修、被添砖加瓦，然而它们从没有想过要被完好无损地遗弃。人们开始另立门户，再续新篇。

现在，同样的剧目被整体搬迁到了更高处上演：有人踩点上下班，有人挑灯夜读，有人等待出生，有人依旧老去。那些曾经无数次穿过村庄的风，一夜一夜拍打着他们锃光瓦亮的落地窗。

还有一些他们临走时来不及告别的事物，我来帮他们一一告别；那些他们临行前果断舍弃的事物，我来替他们一一捡拾。然而我捡拾了也只能拿起来在手里端详一番，我并不能继续向前一步，帮它们找到主人然后物归原主。我端详完了，再把它们扔掉。我其实干着和它们的主人一样的事情，一先一后罢了。

就在我端详完一片破碎的深棕色陶罐瓦片后，有挖掘机气势汹汹的轰鸣声从远处传来，声音越来越近。到了我该告别的时候。

那些我用目光和手掌反复捡拾流连过的事物，又返回了原处。这样看来，我似乎比它们的主人更加决绝。

时
空
诡
计

对时间和空间给予我们的馈赠，我最初的体验，来自那些乡间的母亲。

这些乡间的女人们，自从嫁为人妇开始，便隐藏了自己的名字。祖祖辈辈的生活经验让她们面对世代相传的生活法则时，不需要质疑，只管谨守。有孩子之前，她们被笼罩在丈夫的姓氏下过活。嫁给李姓男人，就被称作"老李家的"；嫁给王姓男人，就被唤作"老王家的"。有了孩子之后，她们又将紧跟在孩子的名字之后扮演自己的新角色。孩子叫"建国"，她们就被唤作"建国妈"；孩子叫"妮妮"，她们就被称作"妮妮妈"。在我们鲁东南地区，我描述的这些在另一个人的姓名背后劳作繁衍的乡间母亲，拥有一种共同的制作面食的手艺——和面团。

镜头聚焦在面桌上，你会看到一双粗糙干裂的手。这双手常年在水里泡、在土里刨、在家具农具上摩挲，沟壑纵横又极其灵巧。正是这双手，将面桌上的面粉和水反复搅拌、揉搓。每一次用力翻转面团，手腕下面的青筋尽数爆出。你会亲眼看到这样一种戏法：刚才还是粉状的面粉，现在已经变成一块疙疙瘩瘩的面团。

这块面团被这双手力道均匀地拍打几下，静置在面桌上，盖上一层笼布后，就进入了和面团的最后一道工序。每一个乡间母亲都会用同样的三个字来宣布这道工序的开启：醒醒吧。

这句话是对面团说的。让面团"醒醒"，在我看来，更像是让它睡上一觉。好好睡一觉，在面桌上，在一双手的抚慰后，在一个阳光和暖的早晨，在一个男耕女织的家里。

现在，时间和空间静止。有一些变化在悄无声息地发生，不能为我们所知晓。

大约二十分钟之后，那双手会揭开笼布，重新力道均匀地拍打面团，让面团真正"醒"来。这块原本疙疙瘩瘩的硬面团就会变得绵软筋道。

我无数次盯住那个笼布窥视，试图探听出这块面团的呼吸和起伏。那个笼布下面的时空静静发酵，然后暗施诡计，让那团洁白发生了奇妙的变化。这样的变化再经由母亲双手的抚弄，最终幻化成我们肠胃里充实而温暖的力量。

这个镜头向我揭开了时空的表象，我也由此而察觉到时间和空间里蕴含的更深层的秘密。以至于之后的许多年里，当我看到母亲将配料倒进腌制咸菜的坛子里密封时，看到父亲将地瓜小心翼翼地送进八米深的地窖时，看着村子里那个失而复返的男人时，都有着同样的感慨。

二十多年前，在我们这个鲁东南丘陵地区的村子里，先是走失了一个女人，接着又走失了一个男人。

那是一片威武恢宏的砖厂，坐落在村子的西南荒坡上。这些用水泥和沙土混合晾晒而成的灰色方块，牢牢地占据着村子里的视觉制高点，同时也装点了周围几个村子的坚固门面。

我那时候一放学就要去砖厂溜达，那些四四方方的砖，被男人指挥着垒成各种立体图形，正方体、长方体，无一例外每一种图形之间都会留出来回搬运的空间。这样，整个砖厂就成了一个天然的迷宫，我们痴迷于这样的迷宫，痴迷于将别人围堵在绝路上，也痴迷于在自己的绝路中寻找出路。这样的兜兜转转我们百玩不厌。

男人就这样一点一点垒出了自己的江山。那时候他多么潇洒。我在砖厂的迷宫里躲藏或者追赶的时候，总能看到他站在高高的砖堆上，指挥工人腾挪搬运，或者在未晾干的砖块间清点一张张钞票。凭着这样的潇洒，他终于抱得美人归。

男人的事业与家庭刚刚立起来，像那些砖块一样立得方方正正，立得结结实实，却在一夜之间，让所有人措手不及地轰然倒塌。

至于这个乡间美人最终以怎样的方式走失的，大人们总是闪烁其词。他们说起这个女人，总是用"那媳妇"来代替。一段时间里，这个词语成了村子里的暗语。村子里的媳妇有多少啊，只要成家立业的男人，都有媳妇；只要不是自己的媳妇，别人的媳妇都可以成为"那媳妇"。然而，这个本该泛指的词语在那个特定阶段变成了特指。最终，这个词语甚至演变成了一种暗语，人们只要将白眼球往西南方向一翻，就可以心知肚明地省略掉他们接下来句子中的那个主语。

"幸亏没孩子啊，少连累一个。""都怪没孩子呀，要不不能这么狠心。"

砖厂彻底安静了。它们仍旧占据着视觉得制高点，留下那些未来得及晾晒和买卖的一块块铁石心肠，立在风里雨里，任由时空将其风化殆尽。男人最终在乡人们的流言中下落不明。

有人说，他肯定是去找"那媳妇"了；也有人说，他肯定是去找新媳妇了；还有人担忧，他可别想不开了。

男人的故事，从这一天起在这个村子里戛然而止。时间跟他开了个玩笑，也跟村民开了个玩笑。日升月落，更多的男人女人成了村民们口中的主角：他们走南闯北，单刀立马，金榜题名，笑傲江湖；他们南下务工，下海开厂，捧上了铁饭碗，登上了地方报头条……一个个既陌生又熟悉的故事被他们重新续写，并且不断被刷新。

村庄像一个老酒坛。从村庄里来的人，把自己的消息用四面八方的风带回来，密封在这个酒坛里，慢慢酝酿、发酵。当我们品尝一个村庄的味道，除了能够尝到那些仍旧留守者的酸甜苦辣，最后的那一道若有若无的余味，一定来自这些消息。对于这道余味的咂摸，成了一道生活的谜题。一开始，面对这个被戏剧化的生活随意设置的谜面，有些人在意它的谜底；后来，生活设置谜面的速度远远超过了人们解谜的速度，有一些谜面，便被顺理成章地遗忘了。

有人在提起别人的故事时，间或夹杂着关于他的只言片语。他在Q城出现过，推着一辆三轮车；他在一位同乡的出租屋里借住过几天；他的眼角上留下了一道疤；他仍旧单身一人……

他回村的日子波澜不惊。二十年后的我村已经通上了城乡公交，新农村建设让小村庄旧貌换新颜，靠镇中心的住户盖起了清一色的三层门面房，当年在砖厂里东躲西藏的孩子们现在早已海角天涯……

当年那个指点江山的年轻人，把自己完整地带了回来。他只把自己一个人带了回来。他从此不再开口说话。

那个二十年前与整个村子的房屋高度和韧度息息相关的男人，现在被时间的手摁在尘土里，静默无声。时空对他施以怎样的戏法，让他一段二十年的时空轨迹悬浮在这个村子的上空，像一场时不时就会扬起烟尘的风，让人百般不解万分猜测，却始终未能由他本人亲自揭开谜底。那个多年前被他从家乡带走的谜题，因为当事人的缄默不语，被更加沉默地封锁了。

他时常一个人在村子里走，低头，弓腰，背手，眼神迷离，像在寻找什么失落多年的物件，又像是一件失落多年等待被别人找寻的物件。冬天，他只穿一条棉裤，红色的绳子扎在腰间，光着上身；夏天，他就裹上厚厚的军大衣，那条红色的绳子换到了军大衣的腰间。他寒暑颠倒、春秋易节，像那块被他反复晾晒搬运的砖，被随意搁置在时空的缝隙里。

消失的二十年，是他在村庄按下暂停键的二十年，而在他的人生旅程中，这二十年仍旧在以分秒计时，他仍旧在这期间辗转腾挪，颠沛流离，千回百转，体验希望与失望，品尝理智与疯狂。来路让他无法面对，不能回首，然而去路何尝不是茫茫。他将自己搁置在人生的渡口，人生只剩下两条路可走：要么任凭风吹浪打，要么掌舵驶出风暴。好像他一生都没有摆脱风声，年轻的时候扬起风，二十年里成为风，二十年后又被远方的风送回来。

关键性的节点上，村民已经习惯了装聋作哑。那些这么多年在心里发酵的一个个问号，在这样的处境下，只能让它依旧保留为问号。

他日日夜夜在村子里流连，有时候也去地里转悠。二十年的时空将他打包、封存，远离了村庄，又淹没在人海，二十年后再将他一口吐出来，还给了这个村子。仿佛一切都未曾改变，然而一切都已经不复当初。

对了，他的那个砖厂，现在牢牢占据着我们村子通往县城的环形路中央。南北的车辆从此间绕来绕去，兜兜转转，通往各自要去的地方。

冬天，北方。这个城市里耸起高高烟囱的房子，要么是厨房，要么是大众浴池。

厨房的烟囱里多黑乎乎的油烟，浴池的烟囱里多水淋淋的香气。

循着这股香气，你就能找到这座城市的大众浴池。浴池坐落在十字路口的西北角，正上方挂着一块巨大的搓澡巾，上面写着"大众浴池"四个大字。

停车落锁，推开透明的旋转玻璃门，一股浓浓的热气、湿气和香气旋即包围了你。空气里浮动着洗发水的香甜、湿答答的泡沫，还有吹风机吹过来的发胶味道。

柜台上摆满了各种品牌的香皂、毛巾、洗发水、沐浴露、矿泉水、香烟、口香糖、火腿肠。服务员的头顶上，挂着长方形、正方形、圆形的搓澡巾。

服务员身后是一个硕大的价目表，白底红字，上面浮着晶莹的水汽，像一个刚刚洗好的白色脸孔上一只只红色的眼睛。

缴费后，服务员给你两把标有数字的钥匙。你拿着第一把钥匙去大厅壁橱里打开第一把锁，把自己的鞋子脱掉，锁进去。推开水汽氤氲的第二扇门，在通往浴室的一个长方形隔间里，找到第二个数字对应的柜子。把自己的外套、裤子、内衣、首饰一一脱下，锁上第二把锁。

至此，一个人的社会属性被彻底剥离。你不再是一个雍容华贵的家庭主妇，不再是一个时尚艳丽的公司职员，不再是两个孩子的妈妈，也不再是一个部门的经理，你只是一个脱离了社会属性的单纯的肉体。

继续往里走，水汽和香味越来越浓重，挑开一层厚厚的窗帘，你带着自己的身体做一次彻底的洗礼，在热浪和湿气里御风而行。你已经没有武装，也无须遮掩。

左左右右都是人，也只有人。这些活动着的裸体，除了高矮胖瘦黑白，不能再给你任何信息。

洗澡是跟自己的身体做一次清清白白的对话。这具平日里自己都难得一见的肉体，现在被自己连同浴池里的所有人，一览无余。

然而，所有人又没有兴趣参观一具没有任何社会符号的身体。他们希望看到而又不能看到的，往往都是一个部门经理、一个家庭主妇、一个局长、一个柜台小姐的身体。

拧开热水，那些夹着门缝挤进来的烦恼与日常琐碎，全部被冲了下来，跟着一股白茫茫急匆匆的水流，冲进了不远处的下水道里。去他的每日报表，去他的宣传任务，去他的月账单，去他的工资条。暂时地，在那第二道锁落下和打开的时空间隔里，你全部地属于你的身体，你的身体全部地属于你。

在这一方水汽淋漓的天地，你开始为自己的身体按下暂停键，你要用自己的双手，一一问候自己的肌肤与筋骨。这具平日里为你奔波操劳、替你遮风挡雨、向你嘘寒问暖的肉体，现在完完整整地静止下来。这张水汽纵横的脸，平日里为你做过多少会心或者违心的表情：对着一份渴盼已久的快递扬起眉毛，也看着一直飙升的房价皱紧眉头；熬夜赶一份报表时露出黑眼圈，也能在领导的呵斥声中掩饰住内心的羞愤。多年来在键盘上谋生让你得了颈椎病，这个在几年前被一个男人小心翼翼地挂上结婚项链的脖子，现在不定期地敷上各种膏药。你需要在一片温热中仔细地犒劳它，给它施以周到的按摩，那些它给予你的便利，现在都需要你报以回馈。

务必要犒赏你的这双手。你很少有这样的机会来静静地观赏它们：那些儿时在乡间保留下来的老茧一直停留到现在，应该永远也不会消失，它时刻提醒着你的来处，用它的暗黄的色泽和坚硬的外表摩挲岁月的棱角；十指顺从着某种天然的秩序和纪律，默契地配合着身体和大脑的各种指令，为你上妆梳头，洒扫庭除，相夫教子，还帮你在键盘上敲出了一片风光。它有时候也愤怒，颤抖地攥紧拳头，或者声色俱厉地抵抗别人的羞辱。它常年裸露在外，不善修饰，更多的时候充当你的指挥棒或者发令枪，它高高扬起的时候也是旗帜和风帆。

还有呢，胳膊、乳房、肚腩、大腿、双脚……平日里它们武装到牙齿，带着你在尘世里乘风破浪、披荆斩棘、抵挡严寒承受酷暑。它们都属于你然而它们仿佛全然不属于你。它们将你带出了乡村又带进了城市，它们整日里为你辛劳，仿佛出于你的本意，又仿佛一直在违背你的本意。必要的时候，它们会用疼痛来提醒你，这具肉体，全是你自己的。当然，还有现在，这片温热与泡沫让你的身体在尘世中安然遁形，你只需要处理你与它本身的关系，无挂无碍，无牵无累。除了那些五彩的肥皂泡泡，你现在毫无重量。那么直截了当，那么干脆利落。至于那些挂碍和牵累，都被挡在了泡沫之外。

浴池中间是一条长长的水泥台，一米高。洗完澡的人把自己往上一扔，溅起的水花大小取决于这具身体的重量。搓澡工会赶过来，在恰到好处的时候。长年累月的机械式重复劳动让他们面无表情，但动作干净利索。他们手上戴着厚厚的搓澡巾，正面是柔软的细小颗粒，反面是粗糙的大颗粒，开始了针对这具身体展开的庞大工程。搓澡巾下的身体，连黑白、胖瘦和高矮的信息都失去了意义，只剩下皮肤的紧致或松弛，干净或杂垢，别无其他。

一切收拾停当，以中间那个长长的水泥台为时间轴，你开始做倒放运动：起身，冲澡，打开第二道锁，穿衣，打开第一道锁，穿鞋。至此，你得带着各式品牌的服装、首饰一一穿戴整齐。你推开旋转门，奔赴各自的社会角色，消失在滚滚人潮中。

来一场说走就走的旅程如何？你不必打听我是谁，我来自哪里，我有什么心事，我们就这样一起看好同一趟列车的同一个车厢，选号码相邻的座位，然后在同一个列车时刻表上，启程。

你可以简单做一些准备，带上一些零食、水、换洗衣物，但是最好不要带相机。我们的这趟旅程，不要被刻意记录。那些不需要刻意标记就可以铭记的事物才弥足珍贵。

把自己的身份卸在月台上，夹在公文包的深处放进行李箱，除了你身上的那张车票，没人会考察你的来路与去路。十八岁生日、第一次出门远行、第一场流星雨、学校餐厅楼下的表白墙和房子的首付款，都留下来吧。你有一段或短暂或漫长的时间，可以只保留一些作为旅客的基本信息：年龄、性别、身高、音色等。接下来的旅途中，你和周围的同道中人一样，都将靠感官行事，不掺杂任何肉眼所不能见的色彩与偏好。

如同一个时空胶囊，它提供了这样一个场所，以一种既定的速度，将你的人生片段加速。在加速中，有一些东西会被这种速度迅速撕扯得模糊、变形，并让你将它们抛诸脑后，诸如出门前还未来得及报修的下水道、搁置在办公桌上未写完结尾的小说、一段关系职位升迁的宴请，以及必须及时归还的人情债，现在你心甘情愿地不去想它们。速度让你务必将自己的躯体与思想腾空，像一个刚刚清空的容器，前方有太多未知的风景等着你一一归置、收纳。

时间在这样的加速中反而变得慢腾腾的，让我们有机会以局外人的身份来考量万物与众生。那些河流山川，那些民居建筑，那些行人与车辆，不见悲喜，毫无表情。窗外的那些高楼大厦，这一座与另一座并没有多少区别，都模糊成晃动的光影，从你眼前迅疾闪过；那些掩映在群山中的村落，平日里需要我们费尽心力耕种的土地，一寸一寸逼近，继而后退，那么多男人女人的喜怒哀乐埋伏在其中，不再发作，只浓缩成了这一闪而过的一秒钟；当然，你也可以把自己的目光放得更远，紧盯着远处的那座黛色山峦，然后由远及近、由朦胧到生动。高速运行的列车自动将我们架空到局外人的高度，看山皆是山，看水皆为水。

不论出发还是抵达，人生中很少有这样的时刻，让你可以将身后的红尘万丈、前方的爱恨纠葛暂时搁置、悬停，你心安理得地将自己从错综复杂的身份信息和社会环境中摘除，现在你只属于一辆有着特定编号的列车，你只属于迅速后退时模糊成水墨风景的画面。如果你还有一张俊俏的脸庞，一头飘逸的头发，这时候你可以打开车窗，让窗外的风吹进来，让车窗成为你的取景框，与山川河流相得益彰。

你也许会聚精会神地观察对面的一位陌生乘客。你们的人生也像两列各自行驶的列车，异地出发，异地抵达，却能够在途中的某一处，偶然相交，继而各自分离。你们操着不同的口音，相互问候或者保持缄默，有时候又会默契地看着窗外的同一处风景。你不需要居心叵测地探问他的职业、性格、财富和社会地位，也不需要精心组织语言来应对对方抛出的暗藏玄机的叩问。你们的聊天当然可以涉及诸如财富和社会地位之类的话题，但这些话题与窗外的风景一样都是快速流动的，没有重量，只是漫不经心的装点。

我的同事正是在这样的一辆列车上邂逅了她的先生。我愿意从她只言片语的回忆中替她拼凑出这一场风花雪月。

那时候是春天了，同事手握着一份拟录用通知，要去往一座陌生的城市面试。她刚刚在毕业季与自己亲爱的同窗们各奔东西。眼泪、拥抱、祝愿以及心有不甘。呼啸的汽笛声将这一切都甩在了滚滚烟尘中。她拿着自己的车票，登车，然后在人潮汹涌中寻找那个数字所在的车厢和座位。空气躁动而不安，每一个刚刚登车的旅客都在目光与目光的拉扯与躲闪中寻找，然后踮起脚尖，把行李塞进行李架，落座，空气沉淀下来。

她现在坐在自己的位子上，带着任何人都能肉眼可见的所有信息：二十岁出头的女生，瓜子脸，马尾辫，素颜。对面那个小伙子正在侧头看风景。像极了诸多偶像剧中的泛滥情节，小伙子突然回头，然后时空仿佛静止。两个年轻人在这样相对静止的时空里互相交换了视觉信息。更具体而深入的信息交换，取决于这段旅程到底有多长。直到后来他们相谈甚欢，各自获得了对方人生的入场券。

我们的一生都被设置在一条长长的铁轨上，我们匍匐着、喘息着前行，旅途中有几个月台、几个弯道、几处缓坡和下坡，都让我们措手不及。很难能有这样的时候，我们会与另一条铁轨重合，然后将自己的行程暂缓，让另一条轨道暂时代替我们前行，不计较前程未卜，不思量旅途的得失。

如果恰好在晚上，这辆行驶在人间最低处的列车，就会显露出一种白天里无法施展的魅力。除了列车，万物都陷入了黑暗之中，或者说，黑暗陷入了万物之中。那些白日里喧嚣的、浮华的、升腾的，以及让人目眩神迷的，此刻都沉淀下来，包括车厢中的尘土。此刻，列车像一柄刚刚出鞘的宝剑，在黑暗中反复地擦拭、亮刃，以及穿刺。黑暗里依然有风。作为黑夜最倔强的守卫，这些风仍旧试图阻挡以及反抗一辆列车向夜的更深处挺进，它们反复地冲撞，又反复地败下阵来。一鼓作气，再而衰，三而竭。这样的阻挡和反抗像一剂兴奋剂，让列车的叫嚣划破长空，显出高于人间的音色与气势。

在行驶到某个岔路口之前，列车会提前减速，等待相向的一趟列车擦身而过。这些从不同的城市驶出的列车，在如动脉般铺展的铁轨上奔驰，驶过不同的城市和乡村，载着千姿百态的人生风景，在途中的某一处交会点相遇。一定会有其中的一趟列车先停下来，在轰鸣的汽笛声中等待。另一趟列车迎头驶来，在并行的轨道上急速擦身。我们在车厢里也开始微微地侧身，想与列车一起，礼让对方擦肩而过的一生，然后继续前行。

终点站已抵达，现在你要从这个时空胶囊中撤离，撤回到扑面而来的现实中。然后在人潮纷涌的月台，你会发现，有更多的人踏上了你撤退的列车，将你的终点站作为始发站，继续你未完的行程。你们仿佛做了一次人生交接。这场未完待续的旅程，早已提前预设了无限循环的情节。就像你曾经接过前一个旅程的接力棒，坐在那个座位上一样，仍旧会有下一个接力的旅客，他接过你手中的接力棒，将自己的人生按下暂停键。他倚窗而坐，目如流岚、面有千山，奔赴下一个终点站。

然而，于一趟列车而言，一切都未改变，它自始至终都在向着山川大河的旅程奔赴，向着日月星辰的旅程奔赴，山河不停地后退，土地不停地后退，人间不停地后退。至于这趟旅程中做过人生交接的你或者我，它毫不在意。

你大可以放开局限去想象，在人迹罕至的地方，有一处被废弃的老屋。

这个地方，可以是你留存在童年记忆里的故乡，可以是你在梦境中的一个迷宫，也可以是某本记忆犹新的书里让你怦然心动的一个地名。

人们对遥不可及的事物怀有着无限美好的遐想，像肥皂泡，轻飘飘的、梦幻的、一碰即碎的。这破碎来自手指与肥皂泡的近距离接触。正因为遥远，且毫无瓜葛，你才可以肆无忌惮地在这所老屋里展开自己的想象。

这一幕场景，光想一下就觉得惊心动魄：天地玄黄，四野无人。有风、偶尔有鸟鸣。荒野里孤立着一两棵叶片稀疏的树，与这一处老屋遥相呼应，各自对峙，剑拔弩张。这是荒野的视觉中心点，也是美学中心点。它像天地磁场里的那块磁石，吸引着万物，瓦解着万物，抵消着万物。风从四面八方聚拢而来，又穿堂而过；雨从万丈高空席卷而来，再返回自身。

一定发生过什么。在许久之前的某年某月某日，那个不为人知也不愿为人知的点上，时间和空间交织在一起，这个房子从此陷入了虚空。一双手在颤抖中扣上了门锁。它扣上锁的瞬间或许知道，这是最后一次触摸这把锁、这扇门。门也可能是虚掩着的。人世中更多的聚散因缘并非我们以一己之力能够安排和预设。与一个不愿为人知的故事相比，那个关于爱恨情仇的剧情被风撞见，于是风开始手忙脚乱地逃遁、隐形，直至放弃了这一方割据之地。再后来，无数场可有可无的风，来回穿梭在破旧的门框和窗户之间，随意地介入这一个个时间和空间，穿梭着一段被人遗弃的历史。剧情已经落幕，风声雨声早已剥离了故事本身玄秘的面纱，不再需要遮掩。

对于一处老屋而言，某年某月某日你来过这里，跟某年某月某日另外一个人来过这里没有区别，跟某年某月某日的一场风来过这里，毫无差别。不过都是匆匆过客，你们带来的情绪和故事都会被原封不动地带走，就像你们不曾来过那样。然而，于你而言，你选择在某年某月某日跋山涉水地找寻而来，却与另外一个人、另外一场风的到来，有着天壤之别。

还是可以看出一些迹象。有一些破旧的窗帘在风中被撕扯；斑驳的墙壁上似乎写下了什么，你得仔细辨认。那些曾经被一只手用力写下的文字，现在只留下了一个点、一个撇、一个弯钩，再也拼凑不成一个完整的字句；破碎的玻璃无人修补，有一种力量沿着发力点向四周发射，刀光剑影，最终被木质玻璃框架牢牢咬合。也许只有透过一面破碎的玻璃，才能真实地感受到这种荒芜破碎的美，尖锐的棱角一定刺破了什么时间的真相，让我们每每透过玻璃向内窥视，总是胆战心惊：这是过去和将来一决胜负的战场，这是文明与荒野一决胜负的战场。这场较量的结局是，它最终按下了时空轴上的暂停键，抛弃了无意义的柏油路、斑马线、霓虹灯，甚至柴米油盐。它解构了无数人的生活意义，孤身一人在一个无人知晓的时空暗格中落满灰尘。

是时候开启它了。你已经透过窗户知晓了其中的一些秘密，有一些经年的尘土已经为你的呼吸声所惊起。现在你推开那扇没有落锁的木门，"吱吱呀呀"，像打开一个尘封多年的时空胶囊。这时候你应该做好准备，会有一阵风奔涌而来，或者一辆从过去或者未来行驶来的列车呼啸而至，或者一段被隐藏的人生故事向你做失物招领。

当然，在这篇文章的结尾，我还想到，除了时间和空间对我们的略施诡计，一定还会存在另外一种时间或者空间吧。那些不为人知的诡计，让我们只能在有限的经验和狭窄的认知里显露自己的浅薄，这算不算时间和空间给予我们的另一种意义的馈赠？我举目四望，无法回答。

校
园
有
记

　　有些笔画彼此重叠在一起，上一个字的横落到了下一个字的横上面，前一个字的点与后一个字的点完美重合；更多的笔画交叉在一起，相互阻碍，又相互成全，只留下一些残缺的、依稀能辨得清部首的结构。这些都是无关紧要的，这些年，记在日记本、课桌和墙壁上的来路与远方，被相互遮蔽或者模糊的情节，足够我们凭借由相同经验生发的合理想象，逐一补充。

　　这是一面始建于 20 世纪 70 年代的砖混结构的墙壁，南向而立，与周围的几面墙壁共同形成了一间教室的合围之势。墙壁不动声色，默默伫立。从它冰冷的体温上，我们判断不出它的表情。一代代学子在这面墙壁下来来往往，走走停停。他们执笔疾书，低头沉思，掩卷远眺，驰骋思绪。于是当我们再次审视这一面墙壁上的那些文字与符号，一个个表情渐次清晰起来。

　　据本地方志记载，早在 2000 多年前，就有贤人在此地设立书院，广招学士，并以儒家学说为范本传习授课。当时的这一最高学府"槐荫蔽空，芸窗秋爽"，相传其后的许多年间，犹闻琅琅读书之声从书院方向隐隐传来。千百年中物华天宝，更声起落，那些在时代的潮水中迅速涌起的街镇与楼房刷新着城市的天际线，人群熙熙攘攘聚而又散，唯有那晨风夜露之际的琅琅书声，经久不息，成为这座城市的精神标尺。

让我们穿越时空烟云，再次回到这面墙壁之下。你可以选择找一个学生大休的时间，教室里空无一人，你找到一面容量丰富的墙壁，坐下来，你可以选择暂时不去看那一代代17岁的青春碎语，就只是坐着，面朝黑板，想象自己的17岁现在穿越山河岁月与你久别重逢；然后你侧过身来，仔细翻阅那一个个17岁的滚烫的句子。你伸出右手的食指，指尖在墙壁上游走，那些不舍的斗志、不甘的决心，以及不悔的誓言，在11月温暖的光里被点亮，被熨烫，又被逐一安放。

17岁，风景这边独好。他们各自站立在属于自己的时空里。从建校至今，在这面墙壁之下，光影轮转，一代代人的17岁天衣无缝地重叠在一起。无数个相同的17岁，从各自不同的姓氏、村落与少年时代出发，他们目光如炬，以笔为犁，这片广袤土地上无数细小而奔腾的支流，最终在同一面墙壁之下完成聚着。

这是远近高低各不同的17岁。时代的车轮滚滚向前，那些裹挟着这个时代最青春、最前沿的声音，借助外面的风声传进了校园。那时候街上还流行着邓丽君的《漫步人生路》，刘德华用他醇厚而独特的颤音迅速占据了商店收音机的主频率，从南方传来的喇叭裤也刚刚绽放在这座北方小城最繁华的街巷。那时候的中学生，倚靠这面墙壁，探究二次函数，讨论李白的政治与文学，憧憬着买一台收音机，在语文课上偷偷传递一本从书摊上淘来的《天龙八部》。

街边那个刚刚建起来的包子铺，竹编的笼屉堆成小山高，物美价廉，香气回溢，吸引了无数中学生在午饭时间驻足。那时的包子铺老板不会想到，正是在这些味蕾刚刚旺盛起来的中学生的支持下，他仅用了十几年的时间，就将这间包子铺发展成了一家遍布全城各个角落的连锁餐饮企业。

我们不应该忽略，那些不同时代背景下的青春里，有着相同的关键词。梦想与奋斗，远行与怅惘，伤感与悸动，都像那瓶刚刚被打开的纯蓝色墨水，饱满，纯粹，胸中暗藏别样的山水。他们同样为一脸青春痘而苦恼；同样为一个函数的奇偶性问题绞尽脑汁；每个晨风夜露之际，他们同样高声诵读"大江东去，浪淘尽，千古风流人物"；在他们 17 岁中每一个或激扬，或隐秘，或热烈，或失落，或壮志满怀的时刻，他们都选择于这面无表情的墙壁上，刻下自己的声音。因此我们看到，这些墙壁以手臂的最高位置为过渡层，自低而高依次渐变，形成了一面韵味独特的镜子。

现在请你面朝这面镜子，端详其中的景象。让我们如实地抄录下这些重叠在各自 17 岁中的声音。我穿越大地，只是在经历生活；高楼大厦平地起，拜谁不如拜自己；不做地下虫，我是天上龙；试卷都一样，你不能投降；考过高富帅，战胜官二代……更多的是一个个龙飞凤舞的名字，它们稳稳地烙印在白色墙壁上，那些名字旁边，有不甘、有失望、有誓言、有志向；有的两个名字被一颗心圈在一起，是青春期欲盖弥彰的标志。

在最近几年的正规考试中，应相关部门的统一要求，用作考场的教室内不允许出现任何文字痕迹。凡是有字迹的地方，都要张贴空白 A4 纸进行遮盖。于是，我看到了一间贴满了 A4 纸的教室，包括那些被刻画在墙壁上的碎语。那些躁动的情绪、青春的呐喊与狂想，在一张张 A4 纸下面蠢蠢欲动，势如破竹……

下课铃声响起来，还是熟悉的旋律。这几十秒的铃声激活了你的条件反射。你站起身，背对着这面墙壁和教室，重又将那扇门关闭。那些被你的介入所激起的尘埃，轻舞飞扬，并最终尘埃落定。那些在墙壁上刻下横竖撇捺的学生，他们现在又各自在何处？那些以为刻到墙壁上就会像石头一样坚硬的梦想，现在实现了吗？他们到达了自己 17 岁时想去的远方了吗？那些渴望指点江山、呼风唤雨的壮志，都一一实现了吗？那午夜梦回的时候，他们会不会重回这间教室，拥抱一下自己的 17 岁？

电话是在晚自习时间响起来的，是个陌生号码。打过来寒暄了好久，我才将那个声音准确无误地定位——那个站在我身后正因为转专业而苦恼的男生的母亲打来的电话。电话中她极力表达自己因初中辍学未能上大学的悔恨，并且补充说，同样的错误不能在她儿子身上重演。

那些恼怒、委屈、无奈，都在这一刻汇聚到男生的眼睛里。而当他的目光掠过我，又转而变成无助。我竭尽所能向这个中年女人解释她的儿子所面临的选择与可能面临的处境。

我从她支离破碎的句子中，大抵拼凑出了一个乡间母亲的前半生。

20 世纪 90 年代，这个年纪轻轻地初中生赶上了务工潮。那些像春天的潮水般动荡不安的同龄人，带着形色各异的梦想，汇入那个有牛仔裤、有迪厅、有外国人、有海的北方大城市。一批批懵懵懂懂的初中生合上了自己的课本，将北上务工冠以各种各样冠冕堂皇的理由：捞自己的人生第一桶金，把上学的机会留给弟弟，学一门手艺，早一点接触社会；再文艺一点的则会说，要用青春和汗水追逐时代的大潮。

然后她们衣锦还乡。在那些仍旧穿着补丁衣服、满脸清瘦的同龄伙伴面前，她们穿牛仔裤，染黄头发，用护发素。她们带回来那些奇闻逸事，澎湃着海洋独有的湿咸味道。人生中的高光时刻，就这样在不谙世事的年纪如蛛丝般轻易滑过，美得轻盈而动荡。

青春的表盘最终在日复一日的轮转中消磨掉了那些光鲜的棱角。到了结婚生子的年纪，她们开始一批批地返回故乡。接近 10 年的务工生涯，她们为自己积累了丰厚的嫁妆。然而，别无其他选择了。她们的生活重新回到了原点。那些年充斥各大都市报版面的"打工潮"，早已在时代的裹挟下失去了踪影。一个时代潮流就此翻过，然而这个时代潮流中的主角们，她们的人生才刚刚开始。

我反复重申了春季高考和夏季高考在课程难度和考查要求上的不同。以孩子的成绩，从春考专业中途转学夏考太仓促了，而想通过夏考考一个好大学更是困难重重。然而她笃定，自己的孩子聪明又能吃苦，她还可以帮他找最好的家教辅导，短期内提分。

我当然希望她说的都可以实现。

她说儿子成绩平平，远没有达到她的期待。我问她：你对她的最低期待是什么？她在那头斩钉截铁：考上好大学。

同样的话，让我恍若回到20年前。那时我们也还是个孩子，每天上学路上，都会有村子里的长辈叮嘱我们：好好上学，长大后考个好大学。20年过去了，乡音未改，期许未变。现在，这句在她身上已成灰烬的话，又在自己儿子身上燃起了星星之火。在她身上没能实现的远方，她觉得他的儿子可以帮她抵达。20年的光阴，让她轻而易举地从故事的主角中抽身，变成了施加期许的人。是不是，期许别人比期许自己容易得多？

这个一直困在自己学生时代的母亲，近20年都没能够走出来。然而生活不是一张纸，只需要把写错的部分折叠起来就能假装什么都没有发生。

我后来又跟那位母亲聊了很久。她当然是一个好母亲，为儿子筹谋深远，将自己的错误包装成一味医治青春期十字路口迷茫的良药，只要吃掉它，就可以药到病除。她不知道的是，自己其实不是一个好医生，不知道有些药需要对症方可服用。即便同一个药方，不同的人服用也是效果各异。

人生的后半程，她紧紧盯住了她人生之木桶上最短的那一块木板。她渴望将儿子的木桶打造出最长的那一根木板，并能够为自己聊作修补。

有关她的故事，一定有着她自认为颠扑不破的逻辑和道理。从小到大，她都在按照这种逻辑和道理判断是非曲直，以及做出情有独钟的选择。她的堡垒太顽固，自成体系，我无法击碎。

那个学生后来还是转走了。那天秋风刚起，校园里的银杏树叶被吹得满地飘摇。他背着重重的双肩包，就这样消失在课间10分钟的铃声中，消失在校园长长的银杏大道上。看着他瘦削的背影，我不知道一个17岁的孩子能不能背负得起一个母亲年轻时候的梦？怀着这样的梦，这个孩子又能够走多远？我只能深深地祝福他。

每天清晨5点半，起床号音响彻整个宿舍楼，接着是一阵紧促的脚步声，你会听到水龙头开开关关，听到冲水厕所间而又歇。顶多10分钟，楼上再次陷入了沉寂，如同5点半之前的沉寂。这些高三女生，用了不到3年的时间，一分一秒地校准着自己的生物钟，好让它赶在高考前准确无误地运转，并最终助她们一臂之力。需要跨过的山河湖海从高一开始便在生物钟里开始了分秒必争的倒计时，那些节奏与速度，无须旁人催促。总有些事情在暗中发生，躲开你，躲开我，躲开阳光，让这个世界变得不一样：笔记本上又多出一页，手上又沾上一滴墨迹，试卷上又少了一个红色的叉号……

课前3分钟候课，准备本节课的检查内容和预习内容；下课铃结束后，再用3分钟收拾好上节课的课本资料与知识点……留给自己休息的时间被极尽压缩，在这场没有硝烟的战争中，她们必须全力以赴。

因为高中学习的特殊性，这些寄宿学生在每个周末大休之间，都要有很长一段时间被封闭在校园里。几千个日日夜夜，我们只与外面的世界保持着蛛丝马迹的联络，我们朝斯夕斯、奋笔疾书、遥望以及怀想，都只发生在这方寸之内。

每一门课程都快马加鞭，每一次课间都争分夺秒。教学楼走廊两侧贴满了励志标语，红底白字，热烈激扬：学海无涯勤是岸，云程有路志为梯；寻清闲另觅他处，怕吃苦莫入此门；十年磨剑争分夺秒砺志凌绝顶，今朝竞渡你追我赶破浪展雄风。

太阳每天都是新的，你是否每天都在努力。不必每分钟都学习，但求在学习中每分钟都有收获。不经三思不求教，不动笔墨不读书……由台阶踏进教室的每一步，都时刻握紧拳头。

有一个女生为自己准备了一个手电筒。几乎每一天中午课间操时间，她都会来我的办公室找我，让我为她的手电筒充电。这个巴掌大小的黑色手电筒，将在每一个夜晚熄灯之后，在她宿舍的被子里，撑开一角天地，照亮她的前程，而不惊扰别人的梦乡。

有一个女生，在课桌的一角养了一盆玉露。娃娃脸的花盆，拳头大小。崭新而饱含水分的玉露叶片晶莹剔透。调过两次座位，不论在教室的前排、后排还是靠窗的位置，那盆玉露一直都在。她皱眉的时候用手摸摸它，她思考的时候用手摸摸它，她瞌睡的时候用手摸摸它。有一次她在日记里写：其实我一开始想买的是一盆仙人球。如果当初我买了那盆仙人球，我现在会不会更自制一点？

有一个女生，在高考冲刺前的一个月，每天晚上都因焦虑而失眠。在无数个灯火阑珊的夜晚，同寝室的同学们鼾声四起，她披衣而起，站在窗台前北望。她的目光穿越无数个楼宇、工厂、田地、山川、河流，就会抵达她的所来之处。在那个小村庄，此刻，她的父母、兄弟一定已经安睡。她一整夜地计较着自己薄弱学科的失分点，盘算着自己优势学科的得分点，一边为自己叹气，又一边为自己打气。无数个夜晚结束之后，她坐在教室里昏昏欲睡，仍旧强打起精神，一头钻进题海。

我还见过无数双高三学生的眼睛，在抬头与低头的瞬间所闪现出来的惊诧、疑惑、得意或者自信，像黑暗中的一束光，倏地滑过，继而埋伏进更深的书本之中。一只大手，无声地将他们推到了舞台中间，为他们点亮聚光灯，让他们不得不在巨大的光束中眯起眼睛。他们还要尽量让自己具备享受孤独、在孤独中自我拯救与自我成全的能力，等待冲破那片黑暗的迷障的时刻。

这样的情绪不断地在每一个学生的心里添砖加瓦，它挑唆着每个人做出彷徨无措、举棋不定的防御姿势，在那条必经之路上他们不得不露出自己的软肋。

现在，24 小时重复着 24 小时，角色重复着角色，地点重复着地点，人在同一种心理角色或者地理空间中循环往复，就时刻需要一种强大的意志力的支撑，或者某种不确定性的闯入，带来一种新鲜的刺激。这种刺激不论这种不确定性带来的是危机还是转机，都会激起一潭平静湖水中的微澜：比如在晴天里期盼一场雨，在雨天里期盼一场风，比如在语文课上期盼老师讲一个历史故事，在数学课上希望老师穿插几句大学里的爱情……正是这种不确定性吸引着你，一直往前走，像磁石不断地靠近那枚指针。

他们睡的这个宿舍，在过去的无数个日夜里面，睡过一届又一届的学生。这些学生，等他们终于跨过了高考的大门，今晚又会在哪一座象牙塔里安眠？

这些属于他们的田地，需要他们来耕耘。春种，夏耘，秋收，冬藏，生命的节气已经为我们预设了所有的情节，让我们每次面临那个关键性的节点，都必须全力以赴，准备好自己的犁头、铁铲和肥料，与干旱、贫瘠、虫害斗智斗勇，做那个问心无愧的农夫。

植物颂

凌云志

它所到之处，空间被激活，山与水重新醒来。

有一些秩序井然的艺术气象，往往是在不动声色之间完成。譬如一座城池在光影声色中日渐升高自己的天际线；譬如护城河里的水藻不出一周就铺天盖地地遮蔽了一整条河流；譬如我们县城里的那个渔翁，他整日里默不作声，如我们按部就班地上下班一样，按部就班地甩网，再收网。那张网撒到水面上，形成一个高度饱满的圆。再譬如这棵凌霄树，一夜之间它就用那条细而长的触手攀住了我二楼阳台的窗户，并试图用它细密而结实的触角，抵消我反向拉扯的力气。

如果按照年龄来计算，它现在还只有四岁。依据我网上搜索的结果，在南方一座古老寺庙的砖墙上，生长着一棵据专家考证目前寿命最长的凌霄，足有四百年的历史。那么，我眼前的这棵手腕粗的凌霄，也不过处于它生命阶段的襁褓时期。

四年前，刚刚在这个城市落脚的我，对房前这片院墙的空地充满了向往。久久匍匐于都市的喧嚣中，我太渴望有个让灵魂短暂栖居的场所。我在无数个夜晚对这面墙壁进行着宏伟的勾画：钉上木质窗格，让它有"林卧对轩窗"的典雅意境；请一位本地小有名气的画师，画上一幅海上生明月的墙画，让日常生活中无法抵达的远方在这个小巷里伸出诗意的橄榄枝；种一片竹林，让它长出"一顷含秋绿，森风十万竿"的动人气势……

当我向那个正在满腹牢骚削剪着满墙根须的乡下邻居央求，从断壁残垣的枝干中捡回这一枝，属于凌霄的另一段生命历程就开启了。如果说前半段生命它是借势而上，依附于方向明确的母体而生出了自己稚嫩的枝丫，并被众多的同胞裹挟前行，那么它的后半段生命，则只能依靠自己出于物种本身繁衍生息的本能与神迹。当然，那个时候，你透过它的细瘦的茎，实在很难看透它那蛰伏已久的远大前程。

在我的汽车后备厢里晾晒了一整天、奔波了六十里的山路后，它终于在这个城中村的院墙前落脚。

在这个世界上，有很多枝繁叶茂的故事，细细想来，在一开始就有着千丝万缕的迹象。比如我刚刚在院墙前挖了一个不算太深的坑，把这个一尺多长、浑身上下不着寸缕、干枯嶙峋的凌霄枝干掩埋起来的时候，隔壁的奶奶正好从这里经过。得知我埋下的是一棵凌霄，她便依着自己经年的经验向我发出警告：这种花长势太凶，只开花不结果，破坏墙体，还会招来壁虎蛇虫……她盯着我脚下这棵刚刚安定下来的"枯枝"，细数着它的缺点。最后还不忘补充一句：栽一棵葡萄还能吃点果呢，这个中看不中用啊。

老人家对这面墙壁有着基于自己价值观的构想。比如她家门前的那块空地上，种着茄子、辣椒、丝瓜、西红柿，那块土地里生长的每一种植物，最终都能以各自的方式，佐以油盐酱醋，文火慢炖或者大火烘烤，安抚她的胃口。她因此更加看不惯现在年轻人的行事方法：中看不中用。

像我这种忙得像个陀螺的上班族，能够像他们那样花上一整天的时间去伺候一棵丝瓜，简直是一种奢侈。就在老人家的丝瓜一棵一棵爬满了瓜架的荣耀时刻，我的这棵凌霄，终于从沉睡中唤醒了自己生命的绿意。

它的生长过程其实不值一提。就像我们见过的所有事物从卑小到繁盛、从细弱到强劲、从不动声色到枝繁叶茂的过程一样，一切都是理所当然，一切都是顺理成章，一切都是水到渠成。它理所当然地继承了自己植物种属的攀缘属性，那一株嫩芽便足够它施展左右逢源的本领；它顺理成章地在此后的几年里铺开了伞状的身躯，一节支撑着另一节，一节成就着另一节，由低处到高处展开自己生命的图腾，那些细密突出的触角，每一个都包藏着另一段风景。

有一段时间，厨房的吸油烟机故障频频，开机轰响，排烟效果差。维修师傅大动干戈后，从吸油烟机的排烟管道里面，清理出了长长的一段植物的枝干，包括那些细长洁白的气生根。原来，在我看不见的高处，有一部分凌霄通过厨房的窗户缝隙，探索另一片崭新的天地。那里丰富的水汽与良好的通风性能，让它与自己的母体背道而驰，它试图在这里建立自己秘而不宣的王国。

凌霄花期长，从五月份能一直开到十月份。整整五个月的时间，它都在不间断地吐出自己的心跳，每一声都热烈真挚。它撑开自己火热的胸膛，向着南来北往的风呐喊。而当它凋谢时，它也绝不会再留恋高处的风光。终其一生的花期，它都始终如一地保持自己的颜色与姿态，然后在生命中某一既定的时刻，它义无反顾地坠落，一如它开放时的那般模样。

这几个月里，几乎每天清晨，一开门就是满地红硕的花朵。这种在诗人笔下被归入攀缘属性和依附于爱情的植物，它也有着自己完整地带着红红的火焰的忠贞与坚持，与木棉花比起来，竟然丝毫不逊色。

羽绒狼尾草

我必须承认自己对于一棵野生植物的私心。当它肆无忌惮地加诸另一个物种身上，我的那些欢喜与爱，却俨然成为它的劫难。

它不应该属于这里。

看看吧，这里没有从天南海北吹来的不需要理由的风，这里也没有河流暗涌起的湿润的水汽，这里更没有游步道上那些俊男靓女们吹出的惬意的口哨声。这里有的是抬头看见的四面高墙，有的是偶尔的一丝桀骜不驯想从高空中逃离的风，有的是锅碗瓢盆在日复一日的声响中安抚着一家人的胃口。

然而，那株羽绒狼尾草，仍旧不由自主地离开了它生长的沭河湿地。当它不得不向它的一众兄弟姐妹们告别时，大河汤汤，南风浩浩。我看到它硕大的根系，紧紧地抓住这片河滩沙地，用尽所有力气，抵抗我那被五谷杂粮塑造的力气，并终究在一个红色塑料袋里，开启了它七千米的旅程。

这种生而没有双脚的植物，总以为自己可以盘踞在一个固定的坐标上终其一生，并延续着自己这一物种的基因，生而复死、死而复生。它们当然也可以完成种族的迁移，比如借助一场风，借助一阵雨，或者哪怕借助一只野兔扬起的尘埃。总有一些意外在发生，比如在具体的某一天黄昏，会有一双脚在它的领地逗留。这是一双不同于它们的固定根系的脚，这双脚总是四处流浪，没有固定的居所，许多时候它甚至都不清楚自己四处流浪所为何事。当然，在这双脚终于停在这片羽绒狼尾草的领地的时候，它是目的明确的。

这些年里我从泥土中拔出过太多事物，那些生活中需要辨认的部分，以及需要打捞和拯救的部分。有时候是一个遥远的模糊不清的影子；有时候是一种似是而非的味道，牵连着小时候一段不太欢乐的记忆；更多的时候是那些早已支离破碎的年轻时候的梦。这些事物反复确认着我，重塑着我，有时候也让我重新认识我。

流浪再次发生了。这双脚现在带着这株拖泥带水的狼尾草踏上路途，那是这株狼尾草终其一生都不曾计划的遥远路途。

从沭河湿地到一个城中村的四合院，一切都在改变。一路上它的毛茸茸的脑袋从红色塑料袋中观察这个世界：外面不再是它脚下的那片沙土地、一窝蚂蚁深入浅出的生活和一条河流昼夜不息的奔流。到处都是流浪的脚步，到处都是流浪的风。现在它应该还有更多的问题，面对这个第一次与之对视的崭新世界。

二十分钟后，它在这座四合院的墙角安家了。一路的颠簸让它须发凌乱，那些毛茸茸的脑袋也有些乱了方寸。现在，给它足够的水，再给它足够的关注，生而为草的这后半生，就此分行再续。

我当然要对它表示歉意。在野地里，他是一位骁勇的战士，日日夜夜坚守着自己寸土寸金的位置，将其奉为一种生命的信仰，从暮春到仲夏，栉风沐雪，逍遥自得。如果你曾经在野外见到过这样一株随风摇曳的羽绒狼尾草，你一定可以体会到它那独具野性之美的诗意曲线，疏朗、俊秀、流畅。现在，它只能蜗居在这片水泥筑成的方寸之地，明月半墙之时，我也能见到它倒映在墙壁上疏落的倒影，充满了落寞的忧伤。

它的生命的盛宴被我的肆意妄为所抉择以及裁判，像圈养在笼中的金丝雀，我偏爱它的歌声，那种只能在固定的场所唱给固定的我听的歌声。这是多么可笑的占有欲。

我日日与那些羽绒狼尾草对视，在漫长的日光中用各自的尖锐和棱角相互试探，以及相互消耗。然后看着日光从西面的墙上亮起来又暗下去。

看它逍遥的狼尾状羽毛，我想，人们给它这样的名字，本身就是一种对它的逢迎。相对于我们熟知的狗尾巴草那种柔软的呆萌的长相，羽绒狼尾草的确更加壮观与嚣张，个头更大，羽毛更张扬，整个植株也显出那种旁若无人的气势。即便是在这个被削减了东西南北的小院里，它仍旧用一个夏天的时间，侵占了旁边那几棵菊花的领地。

在这类野蛮生长的植物面前，我大多数时候是抬不起头来的。尽管我活着和这株羽绒狼尾草似乎也没有多少差别：都在这世间摇摇晃晃，面对动荡与流离都身不由己；都苟且于对眼前事物的肤浅认知；都没有诸葛亮隆中对的本领，也学不来姜太公在渭水河边的直钩之钓；都使出了浑身解数，应对迎面而来的风和雨。

小酒杯

事情的转机出现在这个多雨的夏天，当我开始为我的那些多肉植物寻找一些价廉、质优、多而易得的土壤的时候，有一些美好就这样阴差阳错地在这个农家小院中悄然降临。

我一开始就把目光瞄准在了我们本地最著名的浮来山脚下，就像一个贪婪的猎人理所当然地对自己的猎物有所觊觎，当我听说多肉植物喜欢疏松腐殖的土壤，注定有一部分松针，连同它脚下的那些石块和沙砾，一并成为我的囊中之物。

我在院中为它们开辟了一块方形砖池，学着祖父旧日里在村中堆积牛粪和落叶的样子，将那些新鲜或者老旧的松针，连同石块沙砾一同交付给时间。不能否认，有一些手艺的产生与流传更像是一种心领神会的默契，就像许多年前我看着祖父在院子里堆肥，我并没有刻意去记住那些步骤与过程，更没有用心去留意祖父与这片土地之间生生不息的共存法则，然而多年之后，当我需要这一部分记忆时，它就径直将自己的奥秘法门提炼了给我。

其实，所谓的奥秘法门，不过就是如同祖父那样，将它们密封以待罢了。多年的乡村生活让我对祖辈的智慧深信不疑，那些世世代代在泥土中摸爬滚打的庄稼人，当然懂得如何从大地与河流、时间与空间中获取成果，以及如何用汗水和辛劳，对这成果做出等价的回馈。而我，只需要规规矩矩地遵守并沿袭。

这些曾经在海拔300米的高处经历过风声雨声的尖锐物体，一旦离开了母体，再经过闷热与潮湿的物理发酵，就一定可以成为多肉植物的绝佳搭档。然而，总有一些出乎我们意料的事情，在我们不经意的时候生根发芽，撩拨着我们原本波澜不惊的神经。千万年里，在这颗蓝色星球表面枯荣兴衰的渺小物种，带着它庞大族群的生命韧性，在鲁东南丘陵地带的这方烟火之地，落地，生根，潜滋暗长。细细想来，这世间的许多细小而琐碎的美好，都是在远离人类踪迹的地方完成的。

我是在连续阴雨后的一个短暂晴天里与它相遇的。那种密密麻麻的圆锥形巢穴，高高低低挤在一处，圆锥形的巢穴里面，规则地分布着几粒黑色的种子。它的外形对密集恐惧症患者实在不够友好，那种排兵布阵的规矩，那种随意却有条不紊的排列。以我有限的生物学和植物学知识，我大抵可以判断，这是从松针腐殖土里面生出来的菌类植物。

通过拍照识图软件，我很容易地知晓了它的名字——隆纹黑蛋巢菌。这些如鸟巢一般的野生菌类，以自己酒杯般的巢穴酝酿着一粒粒孢子囊，在日日夜夜的风吹雨淋中，它们在缓慢地、微小地、神圣地酝酿着自身的成熟。

我很容易地想到了它们的同类——蘑菇。当它们以同样的姿态从那片腐殖质中探出头来，蘑菇选择撑开头顶的那把伞，为自己遮挡这人世间的风雨，将自己的本心牢牢地包裹进那片坚硬的弧形中。然而这些隆纹黑蛋巢菌却反其道而行之，它们轻而易举地袒露了自己的心脏，向着头顶的人间举杯、致意，倾其所有，推心置腹，肝胆相照。

此时此刻的浮来山，是否也有它们的族群，正迎着这八月的清风，要举起各自的酒杯，向着这冥冥中阴差阳错的美丽而举杯？

那些日子正值暑假，我们一家四口在它的旁边来往奔忙，去洗漱间清洗一身的汗液，去厨房倒一杯掺上冰块的柠檬汁，接到一个远方朋友的电话在院中寒暄，孩子的水枪又有了新的靶心……我们因为一份意见相左的食谱高声喧哗，为夜晚发霉的蛋糕发着牢骚，有时候也分享一枚果子的小小喜悦，怀揣着自己尘世的心脏各自忙碌着，却没有谁记得举起自己的酒杯，向脚下这片浩浩荡荡的物种邀饮一杯。

四亿年前，这种菌类植物的祖先就已经在这颗星球上安营扎寨，生息繁衍。在那一片远远超越我们现有想象力的远古丛林中，它们开始建立这个族群庞大而微妙的生存法则：让自己变得小，让生长过程近乎缓慢地趋向于无，让自己在亿万年的进化中产生近乎化石意义的单调性，并让这种单调性，循环往复了几亿年。它们不争抢阳光，不产生绿意，世世代代，它们在物种进化论的最底端繁衍生息，不与人为敌，也不招摇过市。无论人间嬉笑怒骂还是追名逐利，它们只在这人间的最低处冷眼旁观。

如此一来，是否我看到每一盏小小的酒杯里，都承载了几亿年里的集体无意识：那些蕨类植物撑开自己，飞禽鸣叫走兽低吼，一只穿山甲微弱的鼻息，一次暴风雨狂怒的敲击……

在我们有限的生命时段里，我们总是习惯将自己的喜怒哀乐以分秒计时，被生活中的得失左右，计较着工资单或者里程表。而它们不动声色地在腐土中静立，以千百年为单位记录着自己的前程与往事。至于我们喜怒哀乐的部分，于它们而言，大可以忽略不计。

万物生，万物荣，这天地之间的悲喜与幻灭，在生命的枯荣与盛衰中被编排得合情合理。就像一丛隆纹黑蛋巢菌诞生在我的小院，完整地参与了我整个夏天的心灵建设。很多个夜晚我就这样信步离开，留它们独自面对这片陌生的黑夜。不同于森林中的夜晚，城中村的夜晚更加寂静，但它有足够的经验应对这种黑暗。这一点不像我。每个夜晚，我都要在黑暗中反复练习识人术和躲避人间暗箭的招式。

悲喜心

我偏爱南方的植物胜过北方的植物。那些生长在南方的植物，带着湿润的雾气和茂盛的生机，叶片肥硕宽阔，那种绿意中透出涓涓大河的澎湃与丰裕，比如龟背竹、幸福树、滴水观音，还有多年生的琴叶榕。搭配一个水泥质地的花盆，放在墙角或者客厅，都好看。而我们北方的植物，比如我所在的鲁东南本地的花卉市场，畅销花是桂花和月季。大约因为北方人见惯了风沙与黄泥，一种来自北方农耕文明的根深蒂固的基因，让他们更加偏爱那些小而具体的美丽，一定要让一些植物开出带着香气的花朵。

我还想盘点一下在我的小院里最终画上了生命句号的植物。她们曾经毫不吝惜地绽放自己生命的美，与我碰面，相互致意，又决然而去。

它们以种子、块根或者藤蔓的形态，带着想要绵延生息的浪漫主义愿景，在这方寸之地扎下根来。有一盆铁线蕨，以年宵花卉的喜庆方式进入院中，并且在开春的三个多月时间里热热烈烈地伸展出嫩绿的枝条，却最终没能迎来盛夏的第一缕风。它细密如蜈蚣脚一般的叶子水分尽脱，枝条垂头丧气，这是一种很容易渴的植物，它也喜欢风。也许一开始我将它与一株喜欢干旱的幸福树栽到一起的时候，就已经预设了这样的结局。

有一棵散尾葵，它大概是不太适应这里的生长环境。从来到小院的第一天就开始无精打采。从最高的叶片开始，它垂下自己的头颅，继而是腰身。那些原本油亮的叶子上开始蒙上一层灰蒙蒙的雾气，像一层锈迹斑斑的玻璃窗。你隔着这层玻璃窗，已经看不到它的心脏，只能感受到若有若无的微弱呼吸。我后来一度怀疑花卉市场老板为我推荐这株散尾葵时的说辞：浇足水，皮实好养。

我能为它找到唯一的理由是，那段时间工作太忙，接二连三的宣传任务与策划让我疲于应对，疏于对它的照顾和关怀。那把花卉市场老板附赠给我的喷水壶，我竟然一次都没有为它使用过。

还有这个夏天死去的几棵多肉植物，我至今都不能将它们的名子一一辨认。酷暑和潮湿让它们走投无路。它们又不能横冲直撞，或者选择连夜奔逃。它们的坚守也是它们的困境。困境中唯一能做的就是，调动自己身体的所有水分和养料，防守，抵挡，并最终遗憾地缴械投降。

大约在 180 年前，美国康科德镇的瓦尔登湖湖畔，自然主义者梭罗借了一把斧头，走进瓦尔登湖畔的"野蔷薇"之地，砍下几棵树，建起来的是一个郊外的小小的避难所。借以避难的，正是那片土地上的绿色植物。两年的时间里，他远离人群，远离喧闹，追求一种保全美好品质的生活。

　　我大概是走向了自然主义者的反方向。自然主义者由城镇回归郊外的野地，而我却妄想在这个城中村移植出一片田园。每天都陷入人间琐事中，是不是被这些草木怜悯？怜悯我的漂泊沦落，辗转腾挪，以及身不由己？

　　我就这样看着它们一茬一茬，朝而生，暮而死，在枯与荣之间完成了自己的一生，它们来到人间像是一种宿命的朝圣。人如果能够像一棵植物一般也算是大解放。雨水和阳光都是免费的，不需要考虑生存之外的精神命题，它们的肉体需要一个具体的绝不移动的地理坐标，不涉及需求层次理论中金字塔底座之上的任何事情。即便是死亡，它们的死亡也是那样地体面、平静、澄明。

　　当然，如果下辈子真的可以做一棵植物，还是不要喝孟婆汤了，让我在风里展开叶子的时候，还可以再回味一下无尽夏的香气，再想念几个上一世仍旧放不下的人，最好不过。

其实并没有多大的改变。不过是从一个家转移到另一个家，如果真能算是以校为家的话。"以校为家"，这句口号我听领导在主席台上用高音喇叭喊过无数遍，有时候深情地喊，有时候慷慨地喊，有时候愤愤地喊。然而当局势与机遇为你营造了双重的条件去将这句口号变为现实，你终于在实践中发现，要真正做到这四个字，并不容易。

3月底，新冠疫情开始在我们这座北方海滨小城里暗度陈仓。先是一位刚刚从县城返回连云港的老人家确诊阳性，接着是寻找几位曾经有过县城旅居史的密接者同轨迹人员。一时间，风声鹤唳，草木皆兵。

两天后，我们便接到了封闭上课的通知。

那天早晨突然收到钉钉信息，八点钟开会。朋友群里到处在转发我县新冠肺炎确诊病例的消息以及活动轨迹。等我们戴着口罩间隔一米刚坐在那间大会议室里，就听到了下午三点前封校的通知：

为保证高三学生充分的学习时间和疫情期间的学习安全，全校所有领导层和高三教师集体封闭学习，解封时间待全县疫情情况待定。

所谓通知，是指经过上面大人物的研究，已经做出了这个不需要听取小人物建议和意见的单向性、强制性决定，让你根据内容尽可能完美地执行的东西。

"有孩子需要照看怎么办？"

"带着孩子一起来。"

"来不及收拾物品怎么办？"

"所有缺少的生活必需品学校统一配备。"

"我婆婆能跟着来看孩子吗？"

"可以。"

……

一切都是未知的，一切都是确定的。在那一秒钟，一切已成定局。我在几分钟之内迅速做出决定。人生中总会有这样的时刻，它从不为你的准备而来，会在毫无预兆时让你措手不及，然而生活的齿轮一直向前，这样的措手不及又不会给你时间去徘徊不前。你必须得学会干脆利落地做决定。这意味着，你几乎要在瞬息之间盘算好，你要保留什么，你又该抛弃什么。

下午三点钟，我已经带着儿子和一堆生活用品站在了女生公寓楼的下面。我选择保留了一个母亲的本分和一位高三教师的职责，而我同时不得不把那个刚刚进入春天的家和常年奔波的老公暂时抛弃。

来之前的计划是，我要读完至少三本书，码出至少一万个字。封闭后才发现，我需要先拿出更多的精力来完成另外的一些事情，而做完这些事情后我的精力所剩无几。孩子突然24个小时全程覆盖了你的生活日程。这种平日里在你眼中无所耽搁的人类新物种，现在正在以一种与你较劲的方式为难着你，消耗着你。或者说，你们在相互为难，相互消耗，其实也在相互慰藉。

收拾东西的时候，我尽可能地想到了各种需求和状况，怕儿子无聊带了魔尺，怕我们中的任何人会发烧或者感冒所以带足了感冒药，怕儿子吃不惯食堂里的大锅饭所以带了一堆零食，看了未来十五天的天气预报所以带足了不同气温下需要换洗的衣物和被子。第一天入住后，我就发现，自己想洗头发却没有带洗发水，用肥皂洗完了头发却没有带吹风机。我挨着宿舍推门，推开两扇门后同事们正带着孩子收拾床铺，我实在不好意思打扰，就这样回到宿舍躺在床上，让头发自然风干。

我在兵荒马乱的第一天夜晚遥想，对着这个不确定时间的未来进度条。我想如果日子能够继续这样安静地进行，以我的忍耐力和抗压力，我是可以坚持一个月的。

窗外有谁的晾衣架，被三月的风摇晃着，敲在不锈钢防盗窗上，一整个晚上叮当作响。

我的生活日程被重新洗牌了。

七千米之外的那个家里，柴米油盐全部得由自己算计，早餐吃油条、煎鸡蛋还是下馄饨，午餐的排骨是不是得提前准备好，酱油要见底了别忘了添置新的，阳台上新种的生石花发芽了没有……在这个"家"里，我对于校园里的一切事物，都需要重新认领。

上课时间，校园里空荡荡的。如果早些时候我曾经在校园里埋下过一些记号，我大可以趁现在去触景生情。所有人都被围困在一栋教学楼、一座餐厅楼和两座宿舍楼之间。这一切好像已经蓄谋已久。这所学校近年来一直以教学楼为中心做收缩运动。它一天天被切割出新的施工地带，新的办公楼，新的教学楼，新的操场等着一切空间都被建筑塔吊和蓝色挡板隔离出去，等校园可供活动的范围缩小到南北 190 米、东西 200 米的方寸之间，等到可供我们活动的距离小到不能再小，一双大手骤然按下了暂停键。

我还没来得及为这次原地暂停做好充足的准备，如果我能够预判到这次暂停，我会提前在校园的草坪上种一株车前草，提前在绿化带的黄杨树下面埋上一封给自己的信，提前在那个水塘里养上一尾鱼。让它们事先就在那里静静地长着，埋着，游着，等待我现在有时间来对他们一一确认。

一开始，我们认领了唯一的那个篮球场。水泥地面，旁边还能见缝插针地安上两个乒乓球桌。我们会在课间去那里玩一会篮球。儿子一米三的身高在投篮与扔球之间徘徊摇摆，以及向各个角落奔跑着捡球。那个空荡荡的球场后来被一群体育生用他们的各种训练器材火速占领。后来我们在教学楼前的绿化带里发现了一株已经绽开了金黄色花苞的蒲公英，毛茸茸的叶片和笑脸形状的花苞足够让儿子手舞足蹈。儿子以抚摸与注视认领了这株蒲公英。第二天，一阵莫名的风已经将蒲公英的种子四散。我们还认领过一棵柳树，那是在办公楼和综合楼建设中侥幸逃脱围剿的唯一一棵。三月份的柳条已经变得柔软，冒出嫩绿的芽，细长的柳条从高空中垂落地面，可玩可亲。可是第二天，那里就被拉起了隔离带。我们发现了被建筑垃圾覆盖的一片菜地，那些经历了一个暗无天日的寒冬后从断壁残垣下伸展出的菝麦菜露出锯齿状的新叶，小葱刚刚抽出骨朵……最终，我们继续探索的脚步被保安以安全为理由劝退。

我在思考很多意义相近的动词，以试图准确地描绘我们这个时候对待时间的状态，比如消磨，比如蹉跎，比如耗费，比如打发……我在这几个动词之间游移不定，然后又反复掂量了我们的精神面貌，最终还是选定了"打发"这个动词。"消磨"显得太较真,"蹉跎"又让人心生愤懑,"耗费"更像是主观努力后的客观失败。只有"打发",是主观努力与客观结果完美统一的动词,是百无聊赖又不得不将时间用内容填满的动词。现在,让我来细数一下我所了解的我们打发时间的方式:陪孩子在黑板上画那些从没有画过的图案,极尽细枝末节;挨着空教室参观学生的书桌和桌洞,并企图有意外的收获(因为疫情防控需要,每个教室的门窗都要打开通风,可以自由出入)。我因此发现了一本新华字典,中间被掏空成一个手机的尺寸,一个用卫生纸团成的地球仪,几行类似情书的字压在笔筒下面,铁制课桌边上被用某种工具打磨得锃光瓦亮;发誓将阅览室里的某排图书挨个看一遍然后看到第二本就果断放弃;去操场上用体育生多余的篮球反复练习三分球;去校园角落里找寻蒲公英然后发誓解封后拔回家做凉拌菜;或者,干脆省去自己的脚力,窝在办公椅上刷一节课短视频,然后在起身伸懒腰的时候发誓绝不再碰。超前备课一个月把16张教案认真写完,手上所有的题目和练习资料做完一遍,给学生准备一份精心设计地带着精美花边和动态效果的语病专项训练PPT……

教学楼,餐厅楼,宿舍楼。来来回回那几个人,那几棵树,那个即将被取而代之的水泥地面篮球场。一切都没有改变:起床号,上课铃,下课铃,眼保健操……

一切都未改变,是一件多么让人安稳却又慌张的词。如果那是两个失散天涯的亲人,在相思多年后相聚,还好,一切都未曾改变;如果那是一位离家出走多年的旅人回到家乡,还好,一切都未曾改变;如果故园回首,山河仍在,还好,一切都未曾改变。然而,当我们沉湎在同样的一种生活状态中,这种状态今天重复着明天,道路重复着道路,铃声重复着铃声，话语重复着话语，轨迹清晰刻板地重复如一张图纸，多么慌张啊，你看这一切都未改变。

如果确实有什么关系一直在趋于紧密，我想那就是我与这些同样封闭在校的学生们的关系。我们同吃同住，一起评论餐厅里的同一道菜品，一起在宿舍里将自己的零食互通有无，我们有的是时间为了一道难题绞尽脑汁，死磕到底。

技能考试考到一半的时候，山东春季按下了暂停键，第四批去德州考试的学生，还没能走进考场就乘车原路返回，居家隔离。现在这两个班级里，还有 29 个学生没能返校，这 29 个学生，如果高考不再推迟，将在 50 天之后参加高考文化课考试。（写下这篇文章的时候，已经收到通知将春考文化课考试时间调整为 6 月 18 日）

为了不落下课程，每次上课时，老师们在讲台多媒体上登录钉钉，开启班级直播，这样居家隔离的同学们就可以同步与我们异地学习。人生中唯一的一个 18 岁，会在他们的一生中留下一抹与众不同的色彩，让他们每次回忆起自己的高三年华，距离高考越来越近的日子里，他们对抗疫情，对抗命运，也对抗着自我。

在宿舍楼里，教师们被分配在一楼，二楼以上住学生。我睡的这个宿舍，在过去的无数个日夜里面，睡过一届又一届的学生。这些学生，等他们跨过了高考的大门，今晚又会在哪一座象牙塔里安眠？

记得某一年的中元节，晚自习结束后回家，见过两个老人在操场后面的土路上用石头压黄纸。每隔一段距离放一叠黄纸，每一叠黄纸上压一块砖头，这些压着砖头的黄纸边界清晰地分布着，围成一个规则的正方形。从那时候我知道，这所学校在很多年之前，曾经是一座村庄的过去时，是一个时代的过去时。从某个角度来说，这片土地实际上代表了一种隐秘的生机。生于斯，长于斯，葬于斯；生意，生气，生机，生活，生生不息……以这片从不会辗转腾挪的土地为纽带，诸多看似毫不相关的事物在其上建立着某种关联。那个逝去的时代在急速后退，而有一个活跃的新生代在急速向前，他们在同一个地址上重建与同构，诠释着生死之间的遗传密码。

我忽然对这些学生们心生艳羡。多么青春的身体，多么蓬勃的朝气，多么无所不能的前路，只有这个群体，才能够让那些眠于地下的先辈们安心撤退，心甘情愿地将人间的这片江山拱手相让。

还有那只被困在大厅玻璃窗上的斑鸠。它与我们陷入了同样的处境之中。

同事小李老师趴在二楼中厅的栏杆上喊：鲍老师让开一点，我要扔了。他的手里拿着一段硬纸筒，朝着二楼高台的玻璃窗上瞄准。等我走近了才看到，有一只斑鸠正在二楼窗台上来回踱步。

"昨天就在这儿了，撞了一天玻璃，今天放弃了，来回走。"

它仍旧像个绅士，双手背后，在不足五米长的窗台边沿逡巡着。因为二楼中厅是从一楼延伸上来的，因此窗台距离我们有一整个大厅的距离。纸团扔过去，并没有惊吓到它；我们发出不同音色腔调的吼声，想让它起飞；孩子拿起了手里的那只乐高小人扔过去，小人在半路上就变成了强弩之末，最终折戟在一楼地面……都是徒劳。它仍旧保持着自己绅士的姿态，来回逡巡。

它是被那片光困住了。如果它可以思考，如果它能撤离它自己俯视或者观望，它就会明了自己的处境：那将外面的世界展示给它看的地方，也正是阻挡它通往外面世界的地方。那给了它希望的地方，正是阻隔它希望的地方。如果它能够选择折返，或者低飞，出口近在眼前。那个一楼大厅里敞亮的门，东西延伸近6米宽，足够它以任何一种姿势安全撤离。

如果它知道迷途知返就好了，如果它读过"曲径通幽""柳暗花明又一村，病树前头万木春"，哪怕它从哪里道听途说了"南辕北辙"的故事就好了。然而，它对于那片光亮太过执着。

中午我再经过二楼中厅，它趴在窗台上，头朝着窗子。两天时间的挣扎与不休不食，它现在筋疲力尽。它在抉择以及等待被抉择，看着一窗之隔的来路，它在想些什么？

这时候我有必要提及人类引以为傲的发明。为了过滤掉风吹雨淋，同时享有大自然的阳光和风景，玻璃成为能够让两者兼得的绝妙发明。这种绝佳的堪透了人类心理中趋利避害心理的发明，现在困住了另外一个物种。在它第一次撞击到这个透明物体的时候，在它的喙重重地敲击在虚空之中受阻而回的时候，甚至在它以最坏的结果力竭而亡的时候，它都无法理解这个让它头晕目眩的名词。家园近在咫尺啊，然而家园遥不可及。阳光和空气降临在它的身上，然而如此安静，安静的空气，安静的光。这被一面玻璃过滤后的阳光和空气。

晚饭的时候，儿子说想带一些米饭回去，扔到窗台上。等我们兴冲冲地将米饭团成团包进卫生纸里，攒足力气回来的时候，窗台上空空如也，斑鸠"不翼而飞"。

饭团没有了着落，儿子倒是有些失落了。经过我几番打听，原来是总务处的张老师用一根长竹竿，趁着窗子外面光线渐暗的暮色，顺利地赶走了它。当夜幕降临，首先黑下来的，也是那扇窗。

它终于跌跌撞撞地飞奔出去的时候，外面正是黑夜。这与它周旋了几十个小时的时间的黑白魔法，终于将它释放。

这个季节，外面的桃花开得正浓，野燕麦刚刚找准自己萌芽的身体部位，公园里的风筝正在风中定位自己崭新的高度。在方圆几百米的墙内，衣食烟火仍旧要在这生活的横截面上井然而行——起床洗漱，健步如飞，举手投足，口号嘹亮，书声琅琅。我一直在力所能及的井然有序中，寻找一些意外事件。比如校园外面的那个菜园。

从四楼的办公室往北望，是一片居民楼。在这个日新月异的小城里，这样的火柴盒比比皆是，并无新奇。然而这座村庄却长久地占据了我视觉得焦点，因为这片高大浩荡的居民楼前的菜地。是的，这个村子里的农民在轰轰烈烈的拆迁和旧城改造运动中，意外地获得了两全。他们既住上了楼房，又最大限度地保留了自己的土地。平日里我上下班，都会撇开宽敞平坦的柏油干道，取小路穿梭进这片菜地里。现在，我有了更多的时间和理由，用光来光顾它。

不管我何时往那里眺望，都会看到一位青布灰衫的老人埋首在菜地间劳作。他播种，浇水，除草，或者俯身照料。油菜花开了，没有声音；蒜苗拔节了，没有声音；老人一桶一桶提水，没有声音。但是我能看到那些汩汩清流在阳光下泛着粼粼的光，一声不响地汇入菜地里，像鱼儿汇入水中。他并不知道，在不远处的距离地面十几米的高空上，有一个空荡荡的人正把他一帧一帧框入风景，仔细辨认，细心收藏。他沉在自己眼前的事情里，就像我沉入我眼前的事情里。

他一定看到了我所看不到的东西：一根竹节草即将占领一棵油菜苗的领地，一只蚂蚁搬运新鲜的菜叶，那个亟待破蛹成蝶的菜青虫被翻出地表。这些东西全部地经过了他然后悄然溜走了，然而它们全部地没有经过我。

世界上再没有什么事情能够像种下一片菜地这样简单。我们只需要在春天播种，在夏天耕耘，那么在秋天，这块土地一定会回馈给我们相应的收获。这样的回馈明码标价，童叟无欺，不会因为你的职业高低、身份贵贱、地位尊卑而区别对待。这是菜地与人类最淳朴、最天真的逻辑关系。几万年前，我们的祖先也正是这样，从一块土地出发，他们直立行走，他们身披兽皮手持石器，他们在一片绿色植物面前蹲下身来，向着眼前的土地反复较力……

想一想我做的事情，其实与这位老人所做的事情异曲同工。我们都是要悉心照看一块菜地，尽可能保证这块菜地里的每一棵菜苗都能够阳光普照，旱涝保收。那些苗用他们的生长阶段催促着你，让你必须在他生命过程的某个特定阶段采取特定的措施。比如他们动力不足时你要及时施肥，他们遭遇病虫害干扰时你要给他们驱虫避害，还有那些影响他们向高处去的细枝末节——一把尺子、一次作业批改、一杯碰倒的水。

然而，更难的地方则在于，有时候我们看不到那些风平浪静的表象下面的惊涛骇浪。

比如，从周记上我了解到，突然的变化让 L 同学这几日辗转反侧：

这几天晚上都夜不能寐，也许是白天在教室里昏昏沉沉了太久的缘故。看到学校北边繁华的夜景，这座城市虽然按下了暂停键，然而这些灯火依旧给我们不间歇的暖意，不知道自己的家人现在睡觉了没有。自己马上就成年了，自己以后会到哪一座城市讨生活？万一考不上大学又该干什么？

突如其来的大事件一种叫作"本能恐惧"的原始情绪在 M 同学的脑海里穿针引线。他在周记里写道：

如果马上就要世界末日了，只有我自己提前知道，我应该带谁一起逃跑呢？冲到大街上找一辆车，开车逃跑。又想了想不对，自己不会开车，我记得一个同学跟我说过他会开车，那就带上他吧。同样的情节我会反复想好几遍，把一些具体的地方细节化。但是我也努力地想把自己拉出来，告诉自己该学习了。可是大脑根本不受控制。什么时候吃饭？吃什么？吃多少？最重要的是这该死的疫情到底何时才能结束，我还得回家去峡谷看一看，我的韩信、关羽、哎。

这样的情绪不断地在每一个学生的心里添砖加瓦，它挑唆着每个人做出彷徨无措、举棋不定的防御姿势，在那条必经之路上不得不露出了自己的软肋。

封闭期间，我时刻从手机上关注着县城的最新情况，关注着俄乌局势，关注日本地震，某明星罚款 1.06 亿……这些从手机屏幕里泄露出来的天下事，现在真正地成了窗外事。

其实你还是你，没有人来剥夺你或者干扰你，但是你却感到被剥夺了太多。

我们与外面的世界彼此无知，毫无联系，500 个我们的消失似乎与这个世界毫无影响。我们在行走、奋笔疾书、遥望以及怀想，都只发生在这方寸之内。现在，这所学校与外界唯一的联系，除了一张无线网络和游走在亲人心间的名字，也许就是餐厅里的食材了。这当然是我自己的揣度。因为以我有限的生活经验，我实在想象不出在全封闭期间，这所一日三餐要为五百多人提供新鲜食材的餐厅，如何保证蔬菜瓜果的供应的。

然而现实却是，我们每天都能吃到新鲜的食材，而且从不重复。早餐肉包、菜包、油饼、地瓜、玉米、稀饭、鸡蛋轮流做，午餐桌上四菜一汤。我仔细研究了那些食材后才发现，有一些蔬菜和食物本身就有着超长的保质期，仿佛它们从生命最初的形态材质缔造开始，就在时刻为了长久储存而做着种种准备，这样的准备是世世代代的，是亘古不衰的，是历久弥新的。比如，我们吃到的土豆、洋葱、地瓜、茄子、木耳，只要保存得当，时间和新鲜度从来不是问题。在疫情面前，这些植物们首先用自己的身体构造为我们争取到了豁免权。

倒是我们这些直立行走的两脚动物，却没能世世代代遗传或者再创造一种时刻为自己保鲜的生活方法，封闭了一个星期，用李斌老师的话来说，感觉自己行走在疯狂地边缘。

如何疯狂？

这样的与世隔绝导致人的精神状况出现恍惚、混沌，没有喜怒忧乐，没有波澜起伏，生活像一摊瓶子里的水。尽管有人整日地在为瓶子清洁、装饰，但是瓶子仍旧是瓶子，瓶子里的水仍旧激不起半点涟漪。我们像那口养了有限的几尾游鱼的池塘，旱季刚刚来临，我们便率先地吐出了所有的鱼。我们虽然不屑于做那只有缺点的苍蝇，但我们也终究做不了那个完美无缺的战士。

此时此刻，在这个城市的某个坐标点上，那些人正常地展开着自己的生活。上班、散步、吵架、耍手机等红绿灯、吹灭生日蜡烛、遛鸟、钓鱼、暗送秋波……人们大汗淋漓大醉酩酊，人们勾肩搭背摩肩接踵，人们日出而作日落而息，人们追名逐利熙熙攘攘……

生活把我推到了某种真相面前，剥离了人事纠葛、物欲横流、痴心妄想和魑魅魍魉，把我一个人赤裸裸地推到了舞台中央。聚光灯打下来我才发现了另一个真相：演员是我，观众也是我，而我却不具备在孤独中自我消遣的能力。这恰恰是最可怕的。

我无法像梭罗那样，拥有着测量一切自然物件的大小与深广的能力和趣味：树的大小，池塘与河流的深广，山的高度，与他最爱的几个峰顶的距离；我也没能够拥有如玛丽奥利弗亲近自然的直觉与爱。她最喜欢的散步、行走、体验、记录，在我这里却捉襟见肘。用她自己的话说，她唯一需要的是"独处的时光，一个能够散步、观察的场所，以及将世界再现于文字的机会"……他们都有一种超凡的能力，将常人所不能轻易忍受的孤独视为一种精神快乐。他们乐于为自己创造这样享受孤独的条件，他们乐于将自己抽离庸常。

但我发现我不能。

这些年，我在兵荒马乱的生活中手足无措。毕业，面试，工作，结婚，生子……我手持着一张张票根，一个个站台慌张地赶路，一程接一程地讨价还价。生活一边考验着我，又一边成全着我，以至于让我终于觉得，自己马上就要在这样的慌张中得心应手了。比如我终于送走了一个个月台一辆辆列车，已经做好准备要慢下来，把自己的目光转向石头、花草和小动物。比如就在封闭的前一天，我刚刚整理出楼上的那个阳台，铺好木纹砖，挂起几盆翠绿的吊兰。

这个节点，下一个班次突然宣告无期限晚点到达。

我还要牵挂隔壁老奶奶的那台手机。每隔几天她都会上门来，拿着被孙子摁错了闹钟和时间设置的老年机来，耳聋让她不自觉提高了说话时候的嗓音。我熟悉她所有的时间设定：早晨5:00起床，6:40吃降压药，7:20接孙子，下午3:30吃降压药，下午6:00送孙子。临走时我特意把这些时间点交代给了老公，嘱咐他留意门口的声音。

住在乡下的母亲患有糖尿病。长久以来因为我们姐弟三人的学业而陷于贫穷的母亲，得了这种纠缠了她十几年的富贵病。每个月，我都要去定点医院买回胰岛素，企图浇灭她体内的那处病灶。如果说这次封闭真正有什么事情让我无法控制，我想就应该是母亲的病情。经年累月的高血糖损伤了她的四肢以及肾脏，我无法确切地知道我下一次为她买药的时间。在电话中我平静地向她陈述了几个方案，如果很快能够解封的方案，如果她的药用完后还不能解封的方案。母亲在电话那头平静地听着。这么多年她对自己的病早已经云淡风轻，她却开始关心起我带着孩子在学校的饮食起居。

如果不是封闭在校，我想这么多天里我大约会去几十趟超市，买回各种蔬菜水果零食卫生纸洗衣液；我会去几趟城市书房，儿子最爱趴在那里的地毯上读他的科幻小说；我还会在这个小城的南北主干道上每日奔波往返，接受每日令人眩晕的地理位移与角色转换。是的，人需要不断地以地理位置的转移来象征自己身份角色的转换。在各种角色之间的辗转腾挪，正是一种人间修行，也是让自己保持清醒的方式。

这时候我要提到的正是角色转换。我突然发现，我们所经历的最大的考验正是由于角色转换的突然消失造成的。那些平日里作为一个妻子、一个母亲、一个女儿、一个消费者、一个行人、一个旁观者、一个白日梦患者的角色，骤然蒸发，消失殆尽。你只保留了个体性。你作为这个世界上原本与身体之外的植物、动物、车辆、房屋、洒扫庭除环环相扣的一环，你匍匐在这张网上，突然吧嗒一声，跌落下来。你现在是被孤立的一环。

我不再被我的生活所需要，我只需要照管好我自己。我与周遭的一切毫无羁绊，不再需要通过周围的信息确认我自己。现在，24 小时重复着 24 小时，角色重复着角色，地点重复着地点，人在同一种心理角色或者地理空间中循环往复，就会陷入一种麻木无觉得状态。日子开始陷入虚无。是的，这样的虚无正像茨威格说的，有先于死亡的死，也有超出一个人生活界限的生。我们和虚无的真正分辨界线，不是死亡，而是活动的停止。

人需要某种不确定性的闯入，不论这种不确定性带来的是危机还是转机，这样活着才能有所期盼：在晴天里期盼一场雨，在雨天里期盼一场风……正是这种不确定性吸引着你，一直往前走，像磁石不断地靠近那枚指针。

现在我们的生活中似乎没有大事，或者说 500 个人封闭学习就是最大的事。更准确地说，那些在之前看起来很大的事情，现在小得不值一提；那些看起来很小的事情，现在却变成了大问题，处理不好就升级为大事件。比如儿子在封闭第三天开始心心念念的那个汉堡，就在老公隔着校园门口的栅栏想要递进来的时候，被告知有传播风险而原路退回。然后我们几个人隔着栅栏遥遥相望，看着防疫人员举起消杀设备对着汉堡来回地路径反复喷洒消杀。我同时羞愧，自己的防疫意识在一个完美母亲的角色面前竟是如此单薄。

我想有一种冥冥之中的力量一直在暗中注视我们、观察我们、考验我们，以及确认我们。它最终选择让我们在清醒与疯狂的临界点上、在抵达崩溃的阈值上，松开了那条铁索。就在汉堡被原路退回的那天，在餐厅吃过晚饭，我们收到了解封的通知。

烟尘四起后，尘埃落定。

临行前，我在宿舍的空床位上留下了一张纸条，上面是凡·高的一句话：我穿越大地，只是在经历生活。

人生招领

晚上去沭河公园散步。晚风轻摇着乌篷船，蔷薇花开的小路一直延伸到大河深处。

夜色轻拂的游步道上，一对中年夫妇抱着周岁的宝宝走在人群里。男子眼睛上有一块深色胎记，女子矮胖。两人边走边聊，聊一会儿，男子伸出手臂把女子的脸掰过来，亲一口；再一会儿，又掰过来，亲一口。宝宝趴在妈妈肩头，每次跟随着妈妈被掰到爸爸那里，他总是笑着伸出小手，试图去抓爸爸的头发。

如此高调而张扬的幸福。看他们赤裸裸地在大庭广众之下秀恩爱，我和同行的人都有点不自在。我们目光慌乱，抓紧去寻找下一个焦点。转念一想，他们或者久别重逢，或者破镜重圆，又或者你侬我侬，不管是其中的哪个原因，都能成为他们郎有情妾有意地最天衣无缝的理由。

顺着游步道继续往前走，就是喷泉广场。广场中央，一群人围着一个唱歌的白衣女孩，俨然是广场的视觉中心。围上去才发现，白衣女孩前面摆着一个音箱，还有两部手机，一部在直播，一部在伴音。音箱四周写满她的直播号。她唱"情深深雨濛濛，多少楼台烟雨中"，唱完一句看看直播手机喊"谢谢老铁们点亮。现场的观众们爱我可以关注我的直播号"。她又唱"一转身，已经度过三十个春秋，回过头，还有多少朋友站在身后"，身体笔直站着，有时候向前走几步，有时候往后退几步。唱到高潮部分，她会朝着围观的人群摆摆手，观众们也会不自觉地伸出手回应她。

两个年轻人在人群里议论。

一个说：其实唱得也就那样，我们这些人唱得也不比她差，甚至还可以边唱边跳。

另一个回他：比她会唱会跳的有很多，但是敢站在大庭广众之下唱出来并且直播的真不多。

我穿过人群走上前，看了一眼她手机屏幕上的在线人数：43 人。

广场电子屏预告 8 点 15 分开启音乐喷泉，还差 10 分钟人们就早早地围拢过来，选好位置。一个少年拎着一个大号方便袋，找了喷泉观看区正中央的位置坐下。打开袋子，拿出一个微型加热炉，一张锡纸铺在上面，鱿鱼、鸡翅、鱼豆腐、绿豆芽一字排开，一罐啤酒放在地上。喷泉表演开始，他的菜肴也吱吱地冒起烟来。举着啤酒，就着佳肴，配着声色光影和晚风，好不潇洒。

第一次见这么诗意的一个人的晚餐。这个少年在心里种下过多少草木葱茏和流岚虹霓，才能设计出这样别具一格的晚餐。让我，我不能。

回来的路上，车停在十字路口等红灯。10 点的小城市里，正是灯火阑珊的时候，街上店铺里的灯一盏一盏熄灭，只有烧烤店仍旧灯火通明。店门前摆着规规矩矩的小方桌，两张桌子上摆满了烤串，烧烤炉上烟火骤起；远处的居民楼上稀稀落落地亮着几个窗户，四四方方的窗格错落有致。也有行人并肩跟我们站着，默数着正前方红绿灯的秒数。

对面路边树荫下，蹲着两个赤膊大汉。他们面对马路坐着，两人一手一瓶啤酒，不说话。他们不约而同地仰头，啤酒在瓶子里咕嘟咕嘟泛起啤酒花。或者是附近工地上的工人，除了此时的路灯和手中的啤酒，工地是他们与这座城市唯一的亲密联系；或者是两个失散多年的好友，各自经历了人生的喜怒，尝尽了世间的炎凉，再次相见，多少无法讲述的故事和着啤酒落进了肚里；或者仅仅是两个在人生的十字路口偶然碰面的陌生人，当他们孤独地穿过午夜街头，细数着这个城市里的灯火，却没有一盏为自己而亮，他们彼此擦肩，又彼此心照不宣，于是千言万语，化作一杯忘忧酒。

路人匆匆走过，无人在意他们，他们也不在意路人。每个人都咀嚼着自己的故事，无暇顾及别人的故事。

这个夜晚，每个人都盛放着自己的故事，跌宕半生也飘零半生。我们遇到多少人，就会有多少个故事。那些故事在那些流连的眼神中、顾盼的身影中，顾影自怜，潜滋暗长。